효도
미치루
Michiru Hyodo

하시마
이즈미
Izumi Hashima

아키
토모야
Tomoya Aki

카토
메구미
Megumi Kato

아키
토모야
Tomoya Aki

카토
메구미
Megumi Kato

"그럼, 아키 군."

"……아."

"소재 수집이야, 아키 군."

Saenai heroine no sodate-kata. 8

Presented by Fumiaki Maruto
Illustration : Kurehito Misaki

시원찮은 그녀를 위한 육성방법8

마루토 후미아키
= 지음

미사키 쿠레히토
= 일러스트

시원찮은 그녀를 위한 육성방법

그녀를 위한

히로인

⑧

마루토 후미아키 지음

미사키 쿠레히토 일러스트

이승원 옮김

목차

기획, 서브 디렉터,
메인 히로인

카토
메구미
Megumi Kato

기획, 프로듀서,
디렉터, 시나리오

아키
토모야
Tomoya Aki

\신생/ blessing software

멤 버 명 단

음악

효도
미치루
Michiru Hyodo

원화, 그래픽 담당

하시마
이즈미
Izumi Hashima

Saenai heroine no sodate-kata.8

프롤로그

방과 후 시청각실에 스며드는 저녁노을이……

"토, 토모야 선배의 사촌이시라고요?! 자자자자, 잘 부탁해요!"

……아, 미안. 이 전제부터 잘못됐네. 여기는 내 방이니까 말이야.

"이야~ 딱히 대단한 사이는 아냐~. 그저 같은 날에 같은 병원에서 태어나, 어릴 적부터 같이 목욕하면서 자랐을 뿐이거든~. 아하하하하~."

휴일의 내 방에 쏟아지는 저녁노을이 봄의 따뜻한 공기를 옮겨주는 4월 초……

"모, 목욕?! 어버어버어버……"

하지만 그 햇볕처럼 따뜻한 실내에서는 원정경기를 치르러 온 상대 팀 느낌이 물씬 나는 당황스러운 목소리가 울려 퍼졌다.

이 방안에서 이렇게 긴장감으로 가득 찬 목소리를 듣는 것은 정말 오래간만이다……. 그도 그럴 것이, 요즘 내 방에 오는 이들은 여기가 마치 자기 방인 양 행동하거든.

"뭐~, 나와 토모는 가족이랄까~ 정신 차리고 보니 가장 가까운 곳에 있던 이성이랄까~ 남녀의 여러 차이점을 알기 위한 리트머스 시험지라고나 할까~."

"그런 될 대로 되라는 식의 불장난 같은 실험은 한 적 없 거든?! 남의 안색을 새파랗게 만들지도, 새빨갛게 만들지도 말란 말이야 밋짱!"

……뭐, 바로 이런 식으로 말이야.

"하아~, 이곳은 신선한 충격으로 가득 차 있네요……."

"여기를 가득 채운 건 충격이 아냐. 이 방의 생태계를 박 살내는 악랄한 외래종이라고."

"저, 저도 언젠가는 저런 식으로 물들어버리는 거군요……. 토모야 선배와 새파란 체험……이 아니라 실험을 한다든가 요."

"묘한 해석 하지 말고, 저딴 식으로 물들지도 마! 이즈미 는 언제나 순정파 소녀(게이머)로 존재해 달라고!"

그런 음담패……가 아니라 대화에 빠져있는 두 사람 중, 이렇게 사사건건 순수한 반응을 보이고 있는 파릇파릇한 여자애는 올해 봄부터 나와 같은 학교에 다니게 된 후배다.

중학생 때 일찌감치 재능에 눈떴고, 한 때는 코믹마켓의 셔터 앞 서클의 일러스트레이터의 자리까지 올랐던 실력파 동인작가.

하지만 겉모습은(저 볼륨감은 제쳐두고) 조그마한 동물 같아서 보는 이들에게 보호본능을 불러일으키는, 귀여운 응석 타입 소녀.

토요가사키 학원 1학년 C반 하시마 이즈미.

지금은 방구석에 단정하게 앉아 흥미진진한 표정으로 방 안을 둘러보고 있기 때문에, 머리카락과 끝내주는 가슴이 흔들흔들, 출렁출렁 하고 로큰롤하게 흔들리고 있었다.

"하시마 양이라고 했지? 뭐~, 토모의 취향 같은 걸 비롯해 알고 싶은 게 있으면 얼마든지 물어봐. 그럼 앞으로 잘 부탁해~."

"아, 예. 저야말로 잘 부탁해요. 사촌 씨!"

"뭐가 나에 대한 거라면 뭐든 물어봐, 야! 이번 분기 애니메이션의 히로인 인기 랭킹조차 알지도 못하면서 아는 척하지 말라고!"

"하아, 토모도 이제 그만 2차원 히로인을 졸업하라구. 어차피 그 애들의 중요한 부분은 김이나 빛에 가려서 안 보이잖아? 하지만 3차원인 나는 애니메이션에서 볼 수 없는 부분도……."

"그딴 건 보고 싶지 않다고! 보일 듯 하면서도 보이지 않는 게 정말 최고란 말이다!"

그리고 김이나 정체불명의 빛 같은 안이한 수법을 쓰지 않고 아슬아슬한 표현을 하려 하는 존경스러운 장인들도 존재하니 애니메이터들을 싸잡아서 똑같이 취급하지 말아 줬으면 한다…… 같은 건 일단 제쳐두고, 이런 식으로 나른한 분위기를 자아내며 탱크톱의 앞섶을 벌리려 하는 여자애는 태어날 때부터 나와 친척관계였던 사촌이다.

어릴 적부터 공부 이외의 분야에서 뛰어난 재능을 발휘했고, 고등학교에 들어간 후로는 여성 밴드에서 기타&보컬이라는 메인 포지션을 맡아 히트 중(일부에서)인 인기 아티스트.

하지만 겉모습…… 아니, 우리 집에서의 행동거지는 칠칠맞고 퇴폐적이며 노출도가 높기 때문에 항상 나를 흥분…… 아니, 당혹스럽게 만드는 타락 타입 여자애.

츠바키 여자고등학교 3학년 4반, 효도 미치루.

지금은 핫팬츠 차림으로 침대 위에서 책상다리를 하고 앉아 과장스러운 몸짓을 선보이며 대화에 열중하고 있기 때문에, 독특한 쇼트 헤어와 탱크톱에 감싸인 균형 잡힌 가슴이 출렁출렁, 부르르 하고 흔들리고 있었다.

"자, 이렇게 너희 모두를 불러 모은 건 다름이 아니라……."

그리고 이 두 사람을 초대한 사람이자, 이 방의 주인인 나.

초등학생 때 오타쿠로서 눈뜨고, 재능도 없으면서 정열을 무기 삼아 멤버를 모아서 게임 제작 서클을 만든 어중이떠중이 프로듀서 겸 디렉터.

겉모습은 안경 진상 오타쿠……에서 이런저런 일 때문에 안경을 벗은 진상 오타쿠로 변신했다.

토요가사키 학원 3학년 F반, 아키 토모야.

지금은 방 한가운데에 서서 천장을 올려다보며 주먹을 말아 쥐고 있었기 때문에…… 아니, 뭐, 이 상황에서 내 몸 일부가 흔들리기라도 하면 꼴불견 그 자체이니 이 이야기는 일단 넘어가겠다.

아무튼 나는 눈앞에 있는 두 소녀를 향해 힘차고, 뜨거우며, 격렬한 목소리로 선언했다.

"오늘 너희 모두를 불러 모은 건…… 신생『blessing software』의 결성식을 하기 위해서야!"

"와~!"

환성을 지른 이즈미는 박수를 치면서 축하했다.

"…………."

그리고 미치루는 멍하니…… 아니, 어이없다는 듯이 내 얼굴을 쳐다보았다.

"작년에 결성한 우리 서클은 멤버들이 열성적으로 노력해 준 덕분에 처녀작『cherry blessing ~돌고 도는 은혜의 이야기~』를 내놓을 수 있었어. ……그리고 우리의 첫 작품은 엄청난 호평을 받았지."

그런 대조적인 반응을 보면서 나는 연설을 계속했다.

"그리고 새해를 맞아, 하시마 이즈미라는 최강의 새 멤버를 영입했어! 이것도 1년 동안 끊임없이 노력한 성과라고 봐도 될 거야!"

"예! 저, 힘낼게요! 최선을 다해 토모야 선배를 돕겠어요!"

"……."

내 결의표명을 들은 이즈미는 나에게 버금가는 텐션을 선보이며 말했다.

그리고 미치루는 왠지 거북하다는 듯이 머리를 긁적이면서 한숨을 내쉬었다.

"그런고로 우리 『blessing software』가 앞으로 더 발전해나가기를 기원하면서……."

"잠깐만. 토모 너, 무슨 소리를 하는 거야? 사와무라와 카스미가오카 선배가 나갔는데 서클을 계속해 나갈 수 있을 거라고 생각하는 거야?"

"끼야아아아아아아, 하지 마 하지 마 하지 마 그 소리는 하지 말라고오오오오~~~!"

"아앗, 선배?!"

마치 이 순간을 노리고 있었던 것처럼 미치루가 날린 냉정하면서도 당연한 지적이 내 멘탈을 산산조각 냈다…….

그렇다. 오늘 이 자리에서 열린 것은 우리들 「신생」 『blessing

software』의 결성식이다.

그 말은 바로 「구」『blessing software』라는 것이 전에 존재했다는 사실을 뜻한다……

구『blessing software』에는 캐릭터 디자인 및 원화 등을 통해 작품의 비주얼을 담당하는 에이스, 카시와기 에리^{에리리}와, 시나리오를 통해 작품의 토대를 만드는 캡틴, 카스미 우^{우타하 선배}타코라는 두 개의 저물지 않는 태양이 군림했었다……

"솔직히 말해 전작은 그 두 사람의 인기 덕분에 반응이 좋았던 거잖아? 지금의 이 서클 상황을 체스에 비유하면 룩과 비숍을 잃은 정도가 아니라 킹과 퀸을 잃은 것에 가깝지 않아?"

"아, 아 아…… 아아아아아아~!"

어느 쪽이 킹이고 어느 쪽이 퀸인지 신경 쓰였지만, 그 질문에도 그리고 그 질문에 대한 대답에도 아무런 의미가 없다는 사실을 눈치챈 나는 더 이상……

"서, 선배 진정해요. 괜찮아요. 괜찮다고요……"

"어……?"

정곡을 찔려 그대로 무너지듯 무릎을 꿇은 내 앞에, 두 개의 동그란 물체가……

아니, 내 어깨에 손을 얹으며 상냥한 눈길로 바라보고 있는 이즈미의 두 가슴이 있었다.

"선배의 서클은 없어지지 않아요……. 제가 반드시 지켜낼 거예요!"

"이, 이즈미……."

저 부드러운 가슴……이 아니라 미소를 보자, 얼어붙은 내 마음이 녹아내렸다.

이즈미는 서클 멤버 중에서 가장 어리고, 갓 들어온 새 멤버이며, 한때는 라이벌이었다.

하지만 어느새 우리 서클에 깊이 뿌리를 내린 그녀는 그 야말로 성모 마리아 같은…….

"…………그래요. 선배, 걱정하지 마세요. 그딴 여자는 금방 잊게 해드릴게요."

"…………이즈미?"

하지만 다음 순간, 그 미소는 칠흑빛으로 물들며 일그러졌다.

"사와무라 선배는 배신했어요……. 토모야 선배를 버렸다고요……. 그것만으로도 죽어 마땅해요."

"아, 아니, 에리리는, 상업 쪽 일을……."

"그럴지라도!"

"예, 예입?!"

이즈미의 등에서 검은색 날개가 자라……난 듯한 착각이 들었다.

그 모습은 하이퍼 얀데레 모드인 우타하 선배처럼…… 그러고 보니 이즈미는 우타하 선배는 전혀 언급하지 않네. 선배도 에리리와 똑같은 입장인데 말이야.

"배신자는 숙청해야만 해요……. 그러니 이번에는 저, 하시마 이즈미가 사와무라 스펜서 에리리를…… 카시와기 에리를 제거하겠어요……."

"너희 둘, 겨울 코믹마켓에서 화해하지 않았어?!"

"선배를 괴롭히는 자는 설령 그 누구일지라도 제 적이에요."

"이, 이즈미?! 그런 이상한 쪽으로 캐릭터를 잡지 말아줄래?!"

그리고 미묘하게 우타하 선배와 캐릭터성이 겹치는 것도 문제라고 생각하는데 말이야.

게다가 같은 속성으로 싸우기에는 상대방의 캐릭터성이 너무 강하기도 하고…….

"하지만 말이야~. 그 두 사람이 나간 건 어쩔 수 없다고 봐~."

그리고 이즈미의 장래(의 인기)에 대해 생각하고 있을 때, 이번에는 미치루가 위로하려는 것처럼 내 어깨를 두드리면서 말했다.

"왜 어쩔 수 없다는 거야? 그리고 걷어차지 말라고."

……문제는 내 어깨를 두드리는 게 손이 아니라 맨발이라는 점이다.

"그야 그 두 사람은 서클 내부의 생존경쟁에서 진 거나 다름없잖아. 뭐, 나는 토모의 가족이나 다름없어서 휘말리지 않았지만 말이야."

"생존경쟁? 그게 무슨 소리야……?"

"즉……."

미치루가 의미심장한 눈길로 문 쪽을 쳐다보자…….

"자, 건배 준비 다 됐어~. ……어, 왜 다들 굳어 있는 거야?"

그 순간, 문이 열리더니 앞치마를 걸친 쇼트 보브 헤어스타일의 여자애가 안으로 들어왔다.

그녀가 들고 있는 쟁반에는 직접 만든 걸로 보이는 간단한 애피타이저와 잔 네 개가 놓여 있었다.

그런 그녀는 너무나도 자연스럽게 이 집에 녹아들어 있었다…….

"간단히 말해, 카토가 그 두 사람을 쫓아낸 거지? 본처의 힘을 보여준 거라고나 할까~. 아하하하하하하~."

"메, 메구미 씨가요……?!"

"으음, 지금까지의 이야기를 듣지 못해서 그냥 추측으로 말하는 건데 말이야. 나한테 표리부동 속성을 붙이지 좀 말아줄래?"

분위기 파악을 못하면서…… 아니, 어쩌면 일부러 하지 않은 듯한 그 소녀는 어안이 벙벙한 표정으로 자신을 주목하고 있는 이들의 시선을 받았다.

이 녀석, 혹시 진짜로…….

"그리고 아키 군까지 의혹 섞인 눈으로 나를 쳐다보는 건 여러모로 좀 그렇다고 생각해."

"윽?! 잘못했습니다 잘못했습니다 잘못했습니다!"

"……그리고 이 상황에서 나를 두려워하는 태도를 취하는 것도 왠지 싫어."

작년까지는 「아, 있었구나」라는 느낌으로 스텔스한 활약을 보여줬지만, 올해 들어서 『의외로 화나면 엄청 무섭다』라는 사실이 알려지고 만 과거 같은 반이었던 여자애.

하지만 겉모습은 평범한 미소녀라는 표현밖에 생각나지 않을 만큼 평범~하게 귀여운 여자애.

토요가사키 학원 3학년 A반, 카토 메구미.

현재 자신을 쳐다보는 남들의 시선을 다소 질색하면서도, 여전히 이 정도 일로는 꿈쩍도 하지 않는다는 듯이 느긋하게 테이블 위에 접시를 놓고 있었다.

"이즈미 양, 잔에 차를 따라주겠어?"

"아, 예예예옙! 맡겨만 주세요, 메구미 씨!"

"……그러니까 효도 양의 말을 믿지 말라구."

카토가 척척 움직이자, 방 안의 상황과 분위기가 순식간에 변했다.

테이블 위에 먹을 것과 마실 것이 놓였고, 어수선하던 방 안이 적당히 정리됐다.

그리고 어찌된 영문인지 다들 카토 앞에서는 그런 잡일을 순순히 했다.

……어이, 이 방의 주인은 누구더라? 이 서클의 대표는 누구더라?

"자, 아키 군. 건배사를 부탁해."

"으, 응……."

"잘해봐, 대표님."

"……으응."

내가 석연치 않은 느낌을 받고 있을 때, 카토가 은근슬쩍 나를 배려해줬다.

이게 이 녀석의 스텔스 인심 장악술인 걸까. 역시 표리부동…… 아니, 아무 것도 아니다.

"으음, 그럼 한 마디 할게."

카토의 말을 듣고 내가 일어서자, 아까는 나를 놀려댔던 이들이 이번에는 아무 말 없이 올려다보기만 했다.

"미치루가 아까 말한 대로 『blessing software』는 얼마 전까지 존속의 위기에 직면해 있었어."

그러니, 지금은 서클 대표로서, 진지하게 그리고 (내가 가능한 한) 멋지게 한 마디 해야만 한다.

"힘든 일과 괴로운 일 전해지지 않은 일, 뜻대로 되지 않는 일 등이 여러모로 있었고, 그 끝에 소중한 멤버를 둘이나 잃고 말았어."

그것이 과거에 함께 노력해줬던, 멤버였던 사람들을 향한 의지니까.

"하지만 그것보다도 기쁜 일과 즐거운 일, 말 하지 않아도 전해진 일, 마음이 통하는 일 또한 잔뜩 있었고, 경험과 기억 같은 매우 커다란 재산도 얻었어."

그것이 지금부터 함께 노력해나갈 멤버들을 향한 선언이니까.

"그러니까 오늘은 지금까지 있었던 일을 전부 뭉뚱그려 솔직하게 축하하자."

그리고 무엇보다…….

나와 마찬가지로 아니, 나보다 더 멤버들을 잡으려 했던, 그리고 처음부터 끝까지 멤버로 있어주는 사람과 한 약속이니까.

"우리들, 제2차 『blessing software』의 새로운 출발을 축하하며…… 건배."

"""건배~"""

네 사람은 미소를 지으며 서로의 잔을 맞부딪쳤다.

그것은 페트병 차로 나눈 흔하디흔한 맹세였다.

하지만 그 안에 담긴 마음은 단단하고, 강하고, 진하게…….

우리 『blessing software』를 묶어주는 유대가 되었다.

"아, 앞으로 잘 부탁해요! 으음, 선배의 사촌 씨!"

"너, 남한테 시비 거는 데 재능이 있는 것 같네. 토모의 빨판상어~?"

……으음, 이번에야말로 공중분해 되지 않겠지? 괜찮겠지?

제1장

시놉시스에는 여기까지만 나왔습니다

　"여어, 토모야!"

　"요시히코구나……."

　아침 조회시간 전, 학생들이 차례차례 쏟아져 들어오고 있는 3학년 F반 교실.

　조그마한 목소리는 들리지도 않을 만큼 시끄러운 교실 안에서, 평소와 마찬가지로 분위기 파악을 하지 못한 카미사토 요시히코는 느긋한 목소리로 나에게 말을 걸었다.

　"올해도 같은 반이구나!"

　"그 대화는 지난 주 개학식 때 이미 했잖아."

　정확하게는 작년에 이미 했다.

　그렇다. 요시히코는 1학년 A반, 2학년 B반, 3학년 F반이었던 나와 3년 동안 항상 같은 반이 된 유일한 녀석이다.

　……아무런 인연이나 유대도 없는 평범한 오타쿠 친구가 내 유일한 존재라니, 짜증날 정도로 현실미가 넘치는 걸.

"그런데 뭘 쓰고 있는 거야? 겨울 애니메이션의 총평이야? 아니면 3월에 발매된 라이트노벨의 리뷰?"

"너, 3학년이 되어서도 나와 제대로 된 대화를 할 생각이 없지? 그렇지?"

또 1년 전과 완벽하게 똑같은 질문을 한 요시히코는 내 말에는 그다지 관심이 없다는 듯 창밖을 쳐다보았다.

"그렇지도 않아. 그리고 너는 요즘 들어 블로그 갱신을 안 하잖아. 나는 신작 정보에 굶주려 있다고."

"나는 여러모로 바빠. ……정보는 직접 찾아. 자기 발과 귀, 혹은 인터넷으로도 좋아. 하지만 인터넷일 경우에는 2차 소스를 신용하지 마. 반드시 1차 소스에 도달하라고. 남들 이야기를 가지고 판단을 내리지는 마. 자의적 편집에 휘둘리지도 말라고. 그리고 이게 가장 중요한 건데, 인터넷 팝업 광고에 낚이지 마."

"……마지막 그말, 꼭 언급해야 할 만큼 중요한 거야?"

"뭐, 아무튼 나는 올해도 그쪽으로는 거의 도움이 안 될 거야. 소비형 오타쿠로서의 활동은 꽤 줄이게 될 것 같거든."

"뭐야. 오타쿠를 관두는 거야? 설마 처음 생긴 애인이 오타쿠 상품을 무단으로 전부 버린 바람에 어쩔 수 없이 오타쿠를 관둘 수밖에 없게 됐다, 같은 한심한 상황인 건 아니겠지?"

"아니거든?! 그런 짓 당하면 아무리 애인이라도 확 헤어질 거거든?!"

딱히 요시히코의 말이 내 트라우마를 자극한 것이 아니기에, 나는 차분하게 그 질문을 흘려 넘겼다.

그리고 나한테 그딴 짓을 한 건 애인이 아니라 사촌이니 전혀 문제될 것이 없다.

"잘 들어, 요시히코. 이건 말이야 매우 중요한 미션이야……. 내가 오타쿠로서 한 단계 더 올라가기 위한 초특급 프로젝트……."

"어, 어이, 토모야. 저기 좀 봐……."

"인마. 3학년이나 되어가지고 이런 식으로 나오는 건 좀 그렇지 않아?"

"아, 아니, 하지만……."

여전히 눈곱만큼의 성의도 느껴지지 않는 리액션을 취하는 요시히코한테 어이없어 하며 고개를 들어보니, 그 녀석은 창밖이 아니라 교실 안…… 정확하게 말하면 내 오른편을 손가락으로 가리키고 있었다.

그리고 그곳에는…….

"안녕, 토모야."

"아, 안녕."

……어느새 조그마한 체구의 금발 트윈 테일 소녀가 서있

었다.

"카미사토 군도 안녕."

"아, 아아아아아안녕하심까요, 사와무라 양!"

뜻밖에도 그녀에게서 『안녕』이라는 말을 들은 요시히코는 허둥지둥 양손을 흔들면서 기묘한 인사를 건넸다.

하지만 그녀는 그런 엉뚱한 리액션에도 익숙해졌는지, 아무 일도 없었다는 듯이 자기 자리에 앉았다.

······바로 내 옆자리에 말이다.

그런 식으로 멍한······ 아니, 지극히 평범한 여고생처럼 행동하고 있는 이 여자애는 올해부터 같은 반이 된 동급생이다.

초등학생 때 오타쿠에 눈뜨고, 중학생 때는 코믹마켓의 벽서클이 된, 이즈미보다도 더욱 조숙한 재능을 지닌 19금 동인작가.

하지만 겉보기에는(저 빈약······ 아담한 체구에도 불구하고) 부잣집 아가씨 같은······ 아니, 뭐 진짜로 부잣집 아가씨지만 말이다.

토요가사키 학원 3학년 F반, 사와무라 스펜서 에리리.

현재 자기 자리에 앉아서 주위의 학생들이 보내는 『아침 인사』에 일일이 대답하고 있는 탓에, 그녀의 인상적인 금발 트윈 테일이 찰랑거리고 있었다.

"어, 어이 토모야. 봤어? 사, 사와무라 양이 나한테 인사를······"

"어이, 지금 아무한테나 다 인사하고 있거든?"

요시히코가 목소리 톤을 낮추기는 했지만 흥분한 표정으로 나를 보며 말하는 것도 무리는 아니었다.

"하, 하지만 말이야. 그 사와무라 스펜서 에리리가 나한테 인사를 했다고."

"그래. 겨우 사와무라 스펜서 에리리 따위가 너한테 인사를 했지."

1학년 F반 시절의, 그리고 2학년 G반 시절의 사와무라 스펜서 에리리는 그야말로 레전드였다.

그녀는 외교관인 영국인 아버지를 둔, 영국 혼혈 부르주아다.

그리고 그림에 엄청난 재능이 있어, 1학년 때부터 미술부 에이스로서 군림해온 것이다.

그런 직함과 외모 덕분에, 에리리의 온몸에서는 그녀를 쳐다보는 이들이 무심코 한 걸음 물러설 정도로 엄청난 상류층 아가씨 오라가 뿜어져 나왔다……

그렇기에, 그런 그녀에게 말을 걸 수 있는 이는 일부의 용기 있는 동급생 혹은 운 좋게 같은 부에 소속된 미술부원뿐이다.

……라는 것이 작년까지의 통설이었다.

"어이, 토모야. 다시 한 번 묻겠는데, 너는 진짜로 그녀와……."

"그래. 같은 초등학교와 중학교를 다녔어. 딱히 숨긴 적은 없다고."

"아, 아니, 그것만이 아니라……."

"집도 근처야. 저 녀석, 우리 집에서 보이는 언덕 위에 있는 저택에 살아. 만약 네가 물어봤으면 바로 가르쳐줬을 거야."

"그렇게 부자연스럽게 시치미 떼다간 오히려 사태가 더 악화되고 말 걸?"

"……그것보다, 지금 종이 울리고 있다고."

그런 그녀에게는 올해 초부터 이상한 소문이 따라다니고 있었다.

그것은 바로 『토요가사키 2대 미녀, 아니, 토요가사키 넘버원 미녀와 토요가사키 넘버원 오타쿠의 부적절…… 아니, 불가사의한 관계』에 관한 소문이다.

겨울 코믹마켓…… 겨울방학이 끝난 후, 나와 에리리의 관계에 미묘……하다고 하기에는 큰 변화가 생겼다.

에리리는 지금까지 학교 안에서 나와 만나도(시청각실 이외에서는) 대화는 고사하고 눈도 마주치려 하지 않았다. 하지만 나와 함께 통학로를 걷는 걸로 모자라(시청각실에 있을 때처럼) 편하게 나를 대하게 된 것이다. 그 사실이 졸업을 코앞에 둔 3학년을 제외한 전교생을 극도의 혼란에 몰아넣었다.

왜냐하면 그들은 2년 동안 멀찍이서 에리리를 지켜봐오면서도, 그녀의 화난 얼굴이나 삐친 얼굴, 미소를 단 한 번도

보지 못했기 때문이다.

게다가, 에리리에게 그런 표정을 짓게 만든 이가 이 학교 학생 중에서 그녀와 가장 동떨어져 있는 인물인 줄 알았던 나라는 사실이 그들을 더욱 혼란스럽게 만든 것이다.

게다가, 게다가 그런 의혹에 휩싸인 두 사람이 3학년이 되면서 같은 반이 된 데다 자리까지 딱 붙어서 배치됐다…….

게다가, 게다가, 게다가 같은 반에 자리까지 딱 붙어 앉게 된 봄 방학 이후부터, 또 두 사람 사이의 거리가 변하더니 「어라? 왠지 미묘하게 거리를 두고 있는 것 같지 않아?」 같은 분위기를 자아내고 있으니, 그들의 머릿속이 『???』로 가득 차는 것도 당연했다.

……뭐, 말로 다 설명할 수 없는 사정에 관해서는 각종 과거 문헌에 상세하게 실려 있으니, 그쪽을 참고해줬으면 한다.^{본편 1~7권}

아, 참고 문헌의 보충자료도 잘 부탁해.^{팬 디스크와 걸즈 사이드}

내가 가능한 한 떠올리고 싶지 않은 사건도 포함된 최근의 일들을 떠올리고 있을 때…….

"……응?"

스마트폰이 진동하면서, 메시지가 왔다는 사실을 알렸다.

『신작, 잘 만들고 있어?』

"……."

별 것 아닌 잡담을 일부러 전파를 통해 한 옆자리 녀석에게, 내가 미심쩍은 눈길을 보내자…….

"……."

그 녀석은 결단코 나를 향해 시선을 보내지 않으면서, 멍한 표정으로 스마트폰을 만지작…… 아, 이 표현은 다른 녀석의 전매특허니까 다른 표현을 쓰자면, 의도적으로 무관심한 태도를 가장하고 있었다.

『아직 플롯의 튜닝 중이야.』

직접 말을 걸지 못하는 그녀의 사정을 고려해주기로 한 나는 스마트폰으로 메시지를 보냈다.

『그렇구나. 힘내..』

그러자 마치 기다리고 있었다는 듯이 다음 말…… 아니, 문자가 날아왔다.

이렇게 답장이 빨리 날아오자, 마치 재촉이라도 당한 기분이 든 나는 허둥지둥 다음 메시지를 보냈다.

『네가 그딴 소리 안 해도 그럴 거야.』

『그건 또 무슨 소리야? 혹시 시비 거는 거야?』

내가 척수반사적으로 날린 메시지의 내용이 마음에 들지 않는지, 에리리가 보낸 메시지 내용에는 꽤나 가시가 돋쳐 있었다.

뭐, 괜한 충돌은 피하는 편이 좋을 거라는 현명한 판단을 내린 나는 가능한 한 온화한 표현을 골라가면서 메시지를 작성해 보냈다.

『아니, 전혀, 진짜로 눈곱만큼도 시비 걸 생각은 없거든?』
『뭐야. 역시 미묘하게 짜증나는 말투를 쓰고 있잖아. 너, 아직도 그 일로 앙심을 품고 있는 거야?』

하지만 상대도 완전히 편견에 사로잡혀 있는지, 내가 무슨 소리를 하던 말다툼으로 이어질 것 같은 분위기에 사로잡혀 있었다.

……저기, 나는 아무 잘못 없지? 내 메시지 내용, 무난하지?

『토모야! 너, 용서해준 거 아니었어? 일전에 도쿄 역에서 했던 말은 거짓말이었던 거야?!』
『나도 그 일을 잊는 데는 시간이 걸려. 그 정도는 바로 눈치채라고!』

아~, 문자 매체를 통한 의사소통으로는 미묘한 뉘앙스를 전할 수 없기 때문에 이런 식으로 의도하지 않은 오해가 발생하지?

아, 진짜로 의도한 게 아니거든? 적어도 나는 말이야.

……진짜야. 앙심을 품고 있지 않다고.

"아~, 도쿄 역 하니까 생각났다! 너, 그때 그건 어떻게 된 거야?!"

"그거라니, 뭔데? 그렇게 말하니까 못 알아듣겠다고!"

"그러니까 그거 말이야, 그거! 그러니까, 저기…… 카스미가오카 우타하와!"

"아, 그건…… 아, 그건 그러니까 그거야, 그거!"

"그거, 그거 같은 소리만 하니까 무슨 말을 하는 건지 모르겠다구!"

우리가 문자매체를 통한 진흙탕 말다툼을 벌이고 있을 때…….

"아…… 굳이 따지자면 우리야말로 무슨 말을 하고 있는 건지 도통 모르겠는데……."

"아……."

"아......"

결국 우리의 말다툼은 문자를 넘어, 교실 안에 있는 모든 이들의 마음에 직접 전해지는 언령(言靈)이 되어 울려 퍼졌고......

아니, 정확하게는 언제부터인가 둘이서 큰 목소리로 말다툼을 벌이고 있었다.

올해도 내 담임이 된 카노 쌤...... 하스미 카노 선생님은 그런 우리를 겁먹은 눈길로 쳐다보고 있었다.

아니, 우리를 쳐다보고 있는 이는 카노 쌤만이 아니었다. 그야말로 사방에서 따가운 시선이 느껴질 만큼 교실 안에 있는 모든 이들이 우리를 뚫어져라 쳐다보고 있었다.

"......"
"......"

그 결과, 나와 에리리는 지금까지 한 번도 겪어 본 적 없는 거북함을 느끼며 아무 말 없이 자리에 앉았다.

맙소사...... 결국 사고치고 말았어......

아, 뭐, 에리리와 어른스럽지 못한 싸움을 벌이다 주위에 들키고 말았다는 사건도 문제지만……

　그것보다 『학원물이지만 학원물다운 묘사가 나오지 않는다』는 게 특징인 이 작품에서, 하필이면 이런 흔하디흔한 학교 이벤트가 나왔다는 게 나는 더 원통했다.

※　※　※

　"어이~ 요시히코. 오랜만에 같이 아키하바라에라도 들렀다 가지 않을래?"

　그리고 방과 후…….

　아까 약간의 실수를 저지르기는 했지만, 그래도 수업 묘사만은 하지 않는다는 묘한 긍지를 지킨 끝에, 방과 후가 된 교실.

　3학년이 되어 더욱 따라가지 못하게 된 수업 때문에 지칠 대로 지친 나는 이 피로를 조금이라도 치유하기 위해 왼편에 앉은 요시히코에게 제안했다.

　"아, 아니, 하지만……."

　"왜 그래?"

　"볼일이라도 있는 거야?"

　하지만 내가 이렇게 자비심 넘치는 말을 해줬음에도 불구하고, 요시히코는 서먹서먹한 반응을 보이면서 난처한 표정으로 나를 쳐다보았다.

어쩌면 이 녀석은 내가 예전보다 한 랭크 위인 생산형 오타쿠로 성장하려 한다는 사실을 민감하게 눈치챈 것일지도 모른다. 그래서 성장할 줄을 모르는 벼락치기 소비형 오타쿠인 자신은 나에게 어울리지 않는다고 생각하는 걸지도…….

"……너의 완전 쓰레기 같은 생각이 그대로 배어나오고 있는 표정을 보니 네가 무슨 생각을 하고 있는지 상상이 되지만, 그런 이유로 이러는 게 아니라고. 토모야."

"뭐~."

요시히코는 나를 향해 악담을 퍼부은 후, 역시 난처한 표정으로 나를…… 아니, 내 뒤편을 힐끔 쳐다보았다.

"……뭐, 확실히 너한테 캐묻고 싶은 건 산더미만큼 있지만 아무래도 오늘은 그럴 때가 아닌 것 같네."

"뭐……."

내 뒤편을 향한 요시히코의 시선이 어떤 의미를 지니고 있는지 눈치채지 못할 만큼 초둔감 얼간이 난청 주인공이 아닌 나는 등 뒤를 돌아보았다.

"저, 저기 토모야."

"으, 응."

……그러자, 그곳에는 뭔가 할 말이 있는 듯한 표정을 지은 금발 트윈 테일 소녀가 한 명 서있었다.

"……수업 중에도 계속 뚫어져라 쳐다봤다고. 그 정도는 눈치채란 말이다."

"시끄러워."

뒤편에서 들려오는 요시히코의 질투 섞인 헛소리를 완전히 흘려 넘기지 못하면서도, 나는 할 말이 있는 듯한 표정을 짓고 있는 에리리와 대치했다.

……잠깐만. 어이, 아직 대부분의 클래스메이트들이 남아 있는데 괜찮겠어?

너, 지금까지 고생해서 지켜온 자신의 고급 브랜드 이미지를 어떻게 할 생각인 거야?

"오, 오늘 아침 일 말인데."

"으, 응?"

"저, 저기 나도 조금…… 아주 조금은~ 잘못한 것 같아."

게다가 오늘 아침, 나와 벌였던 사소한 말다툼 때문에 엄청 앙심을 품고…… 아니, 그 일을 신경 쓰고 있는 눈치였다.

갑자기 연약하고 갸륵한 태도를 취하고 있는 이 스몰 사이즈 동물 같은 츤데레 반응은 뭐야? 신경써줘, 안 그럼 확 죽어버릴 거야 같은 토끼 시선은 대체 뭐냐고.

"하, 하지만 너도…… 앞으로는 신경 좀 써줬으면 좋겠어."

"아, 내 태도도 나빴을 거야. 엄청 엇나갔던 것 같아. 오타쿠 특유의 끈질기고 구질구질한 앙심을 품었던 게 분명해."

"그, 그렇지? 피장파장이지?"

"어느 쪽이 일방적으로 잘못한 싸움 같은 건 이 세상에 존재하지 않아. ……그런 건 단순한 괴롭힘이라고."

"으, 응……. 우리가 한 건 싸움, 이잖아."

그리고 그런 사소한 엇갈림이 풀릴 것 같다는 것만으로도 저렇게 기쁜 표정을 짓는 것도 여러모로 문제였다.

이래서야 저 완벽 상류층 아가씨, 전교생의 우상이자 토요가사키 넘버원 미소녀 사와무라 스펜서 에리리의 이미지가 무너지는 것도 시간문제일 것이다…….

"그, 그럼 토모야……. 오늘 같이 하교……."

"아~, 여기 있네~! 토모야 선배!"

"어?"

"어?"

그리고 에리리가 더욱 강렬한 이미지 붕괴를 초래할 수 있는 말을 입에 담으려던 순간…….

밝고, 순진무구하며 (아마도)그 어떤 악의도 섞이지 않은 목소리가 교실 입구에서 들려왔다.

게다가…….

"자, 저기 있는 사람이 내 선배…… 서클 대표인 토모야 선배야!"

"흐으음~."

"저 사람이 하시마 양의…… 구나~."

"……어?"

"……어?"

아니, 처음에 들려온 목소리의 주인이 누구인지는 바로 짐작이 갔다.

뭐, 이 학교에서 나를 『선배』 같은 기특한 호칭으로 부를 여자애는 내가 알기로 한 명밖에 존재하지 않기 때문이다.

"이, 이즈미…… 무슨 일이야?"

하지만 그 기특한 여자애…… 이즈미의 뒤편에 뜻밖에도 후배로 보이는 여자애 두 명이 서있었다.

"에헤헤…… 선배를 자랑하려고 왔어요~."

"뭐……"

"뭐……"

그리고 이즈미가 말한 이유 또한 충격적이기 그지없었다.

"시, 신입생 여자애가 친구를 데리고 토모야를 찾아오다니…… 젠장, 이게 그건가? 미소녀게임 세계나 여성향 게임 세계에서 흔히 나온다는 갭 모에라는 건가? 안경을 벗고 콘택트렌즈를 하면서, 지금까지 눈에 띄지 않던 오타쿠 남자애가 점점 다른 이들의 주목을 받게 되는 거냐고오오오~."

……하지만, 이렇게 쇼크를 받는 요시히코를 보니, 확 걷어차 주고 싶은 충동이 샘솟았다.

그리고 갭은 무슨. 저 세 명 중 두 명은 초면이라고.

"방금 그건 농담이에요. 실은 이 두 사람한테 제가 게임 서클에 들어갔다고 말했더니, 어떤 곳인지 알고 싶다고 해서 데리고 왔어요."

뭐, 결국 흔하디흔한 패턴인 『잔뜩 기대하게 해놓고 실망시키기』라는 사실을 이즈미가 자기 입으로 이실직고했지만 말이다……

"우, 우리 서클에…… 관심이 있는 거야?"

"아, 예……. 하시마 양과 같은 반인 노자키 미나예요."

"후루하시 마나미예요. 저기, 겨울 코믹마켓 때 게임을 냈었죠? 정말 대단하세요."

"어, 어, 어?"

하지만 그 진실은 나를 눈곱만큼도 실망시키지 않았다는 게 문제였다.

"저기, 토모야 선배. 그러니까 이제부터 우리 서클의 설명회를 하지 않을래요? 저희 부실이나 다름없는 시청각실에서요!"

"서, 설명회……?!"

"예. 어쩌면 이 두 사람이 우리 서클에 들어올지도 모르잖아요!"

"아, 으음…… 아직 들어가겠다고 결심한 건 아니지만요."

"하지만, 재미있을 것 같기는 해요~."

"그, 그래?!"

이 대격변은 뭐지……?

이건 미소녀 세계에서 자주 나오는 꿈 결말…… 뭐, 그건 이런저런 사정 때문에 절대 공략할 수 없는 친○○ 캐릭터를 위한 서비스 에로 신에서 발동되는 케이스가 많으니 이 케이스에서는…… 뭐, 그런 건 아무래도 상관없지.

아무튼, 이건 얼마 전에 약체화되고 만 『blessing

software』에게 있어 천재일우의 찬스일지도 모른다.

왜냐면 이 기회에 멤버를 늘린 후 다 같이 힘을 합쳐 겨울 코믹마켓에 낼 게임을 만들다가, 어느 날 고참과 신참 사이에 심각한 알력이 발생한 탓에 또 서클이 공중분해…….

어이어이어이, 관두자. 지금은 그런 부정적인 생각이나 하고 있을 때가 아냐.

"자, 잠깐만, 하시마 이즈미! ……양."

우리가 그런 이야기를 하며 흥분하고 있을 때, 끼어든 이는 바로 나에게 트라우마를 심어준 장본인…….

아니, 그러니까 이런 부정적인 생각 좀 하지 말자는 거라고.

"어…… 사와무라 선배도 있었군요."

"으윽……."

어이, 눈치챘었지? 이즈미 너, 아까 나한테 이야기하면서도 내 옆에 있는 금발 선배를 몇 번이나 쳐다봤잖아?

"하, 하시마 양. 너 말이야. 친구를 그런 진흙탕…… 아니지, 이상한 서클에 권유하지 마. 친구가 불쌍하지도 않은 거야?"

그리고 이즈미에게 선제공격을 당하고도 겨우겨우 버텨낸 에리리는 작년까지의 상류층 아가씨 모드를 꺼내 대항했다.

잠깐만, 그러는 너도 작년까지는 그 이상한 서클의 멤버였는뎁쇼?

"왜 불쌍하다고 딱 잘라 말하는 거죠?"

"그, 그야…… 게임이란 건 아마추어가 간단히 만들 수 있는 게 아니라구."

"하지만 토모야 선배도 작년에는 아마추어였어요. ……그게 1년도 안 되는 시간 안에 겨울 코믹마켓에서 전설이 될 만큼 멋진 게임을 만들었다고요."

"그, 그건! ……내가…… 나와, 카스미가오카 우타하가……"

"에, 에리리……?"

이즈미와 에리리의, 용과 호랑이라기보다 뱀과 개구리 같은 두 사람의 눈싸움을 지켜보며, 이즈미의 같은 반 친구 A양과 B양은 「와아~.」라든가 「대단해~.」 같은 매우 카토…… 아니, 일반대중 같은 대사를 입에 담고 있었다.

"저는 조금이라도 선배에게 도움이 되고 싶어요. 아직 들어간 지 얼마 되지 않았지만, 그래도 『blessing software』를 키워나가고 싶단 말이에요."

"하, 하지만, 하지만 비(非) 오타쿠…… 아니, 평범한 여자애를 느닷없이 오타쿠 서클에 끌어들이려고 하는 건……."

"저기, 저희도 나름 오타쿠인데요?"

"응. 심야 애니메이션도 본다고요~."

"뭐……?"

"그, 그래?"

그런 일반대중…… 언젠가 메인 히로인이 될지도 모르는 A양과 B양의 「평범하게 오타쿠 짓 하고 있어요~」같은 커밍아웃은 우리에게 적지 않은 충격을 줬다.

"예. 저희는 출석번호가 가까워서 친해졌는데, 입학식 당일부터 오타쿠 토크를 했어요!"

"……"

"……"

그리고 이렇게 손쉽게 가까운 오타쿠 친구를 만든 이즈미를 말로 형용하기 힘든 표정으로 응시했다.

박해를 두려워해 은둔형 오타쿠로 살아온 에리리에게 있어서도……

박해를 당하면서도 필사적으로 오타쿠로서 살아온 나에게 있어서도……

그녀들의 관계는 상상조차 할 수 없는 것이었기 때문이다.

"그래도 안 되나요? 오타쿠 서클에 관심을 가지면 안 되는 건가요?"

"윽~~~!"

"아……"

그런 이즈미의 진지하고, 올곧으며, 순수한……

그야말로 눈부시기 그지없는 태도를 견딜 수가 없었던 에리리는 도망치듯 교실 밖으로 나갔다.

그런 그녀의 머리에서는 새하얀 김이 희미하게 피어나오고 있었다(이미지적으로).

「이~걸~로~ 이겼다고 생각하지 말라구~!」 같은 대사를 뱉으면서 말이다(그러니까 이미지적으로).

"……선배?"

"응? 이즈미, 왜 그래?"

"저기, 으음, 서클의 설명회 말인데……."

"아, 응……. 그래. 그럼 시청각실에 갈까?"

"……저기, 사와무라 선배는 괜찮을 까요?"

"이즈미, 네가 이 사태를 초래해놓고 그런 걸 신경 쓰는구나……."

"그, 그게…… 역시 좀 심했던 것 같아서……."

"뭐…… 괜찮지 않겠어?"

"무책임하네요……."

"그러니까 이즈미가 그걸……."

뭐, 확실히 방금 울상을 지으며 도망치는 에리리의 꽁지 내린 강아지 같은 뒷모습이 아주 약간이지만 신경 쓰이기는 했다.

하지만 나는 현재 걱정과 함께, 아주 약간의 희망을 느끼고 있었다.

에리리는 3학년이 된 후로 『변해가고』 있었다.

요시히코 같은 밑바닥…… 아니, 면식이 거의 없는 남학생도 평범하게 대하려 하고 있었다.

누구에게나 붙임성이 좋지만 다가가기는 힘든, 상류층 아가씨라는 가면을 벗으려 하고 있었다.

　재미없는 잡담을 들을 때는 지겨워했고, 즐거운 이야기를 나눌 때는 진심으로 재미있어했다.

　그런 식으로, 조금씩 본성을 드러내고 있었다.

　더 이상 자신을 포장하려 하지 않았다.

　그러니 반 년 후에는 『사와무라 양』이라는 상류층 아가씨는 사라질 것이다.

　그리고 3학년 F반에는 같은 반 여자아이인 『에리리』가 침투해 있으리라.

　그런 『에리리』가 나아가려는 길의 힌트가, 이즈미와 그녀의 반 친구들의 관계 안에 있는 것이 아닐까.

　에리리의 처세술과도, 내 포교술과도 다른, 일상적인 오타쿠 라이프가 저 녀석을 기다리고 있지 않을까 하는 희망을 가졌다.

※　※　※

　"아."

　"아……."

　"……메구미."

　"……응."

"지, 지금 하교하는 길이야?"

"으음, 뭐……."

"그, 그렇구나……."

"……."

"……."

"그럼 가볼게."

"아……."

제2장

출현은 적지만 충분히 눈에 띄죠? 그렇죠?!

"아……."

서클 설명회를 끝내고 지친 발걸음으로 학교 건물을 나서 보니, 교정은 거의 다 저문 태양에서 뿜어져 나온 석양에 의해 검붉은 색으로 물들어 있었다.

운동부의 부활동도 얼추 끝나, 뒷정리를 하는 부원들 때문에 미묘하게 시끌벅적한 그 장소는 청춘영화의 한 장면처럼 생기가 넘치고, 왠지 그리운 느낌마저 들었다.

하지만 내가 방금 "아……."라고 말한 것은 그 정경을 보고 감탄했기 때문이 아니라…….

"우타하 선배……."

교정 너머, 교문 근처에 서있는 한 여성이 내 눈에 들어왔기 때문이다.

그렇다. 그 사람은 교문 근처에 서 있지만, 여학생이 아니라 여성이다.

언제부터 그곳에 있었던 건지는 모르겠지만 매우 자연스럽게 문기둥에 등을 기댄 채, 귀가하는 다른 학생들의 시선을 개의치 않으며 『평소처럼』 독서에 몰두하고 있었다.

봄부터 이 토요가사키 학원에 『다니지 않게 된』 선배.

고등학생 때 한 출판사에서 신인상을 받으며 소설가로 데뷔했고, 처녀작이 시리즈 누계 50만부를 돌파했을 뿐만 아니라, 차기작도 순조롭게 인기를 끌며 명성을 착착 쌓고 있는 인기 작가.

하지만 작가보다는 자기 작품의 등장인물을 연상케 하는 외모와 긴 흑발, 그리고 가슴…… 아니, 몸매를 지닌 미인이다.

소오 대학 문예부 1학년, 카스미가오카 우타하.

그녀는 방금 나를 힐끔 쳐다보더니 읽던 책을 덮고 주머니에서 스마트폰을 꺼냈다. 그리고…….

"우와……."

『뭐하는 거야, 윤리 군. 빨리 이쪽으로 와.』

"예……."

50미터 정도 떨어진 곳에서 나에게 전화를 걸었다.

"왜 바로 오지 않은 거야? 허둥지둥 달려와서 「어, 많이 기다렸어?」 같은 소리를 했으면 「아냐. 나도 방금 왔어. 꺄아♪」 하고 대답하면서 팔짱을 낀 후 러브러브하게 걸었을 거야."

"그런 짓 안 할 거라는 걸 알지만, 그런 소리를 들을 것 같아서 다가가지 않은 거라고요!"

우타하 선배는 내가 교문에 도착하자, 꽃이 활짝 핀 것처럼 미소를 짓거나 꺄아♪ 하고 교성을 지르지도 않았다. 그저 언짢은 것처럼 나를 꾸짖었다.

"아무리 그래도 아는 사람을 발견해놓고 가만히 서있는 건 너무 하지 않아? 모처럼 기다려주고 있는 여자에게 너무 무례한 짓 아닐까? 이대로 있다간 나, 다섯 시간 넘게 너를 기다리다 폐문 시간이 지난 후 울음을 터뜨려서 문 닫으러 온 수위 아저씨에게 걱정을 끼쳤을 거라구."

"아니, 저기…… 잘못했어요."

"……뭐, 멈춰서기만 하고 도망치지 않은 건 높이 평가해줄게."

"……고마워요."

참고로 이렇게 혼나고 태클을 걸고, 상대를 삐치게 만들고 반론을 하면서도 나는 아직 그녀의 얼굴을 쳐다보지 않았다.

반항하는 척 하면서 옆을 바라보거나, 어이없다는 듯이 하늘을 쳐다보고, 사과하는 척 하면서 고개를 숙이기만 했다…….

"누군가와 이야기할 때는 상대를 쳐다보도록 해."

"우와아아앗?!"

하지만 우타하 선배가 그런 걸 용납할 수 없다는 듯이, 고개를 숙이고 있는 내 얼굴을 향해 아래쪽에서 고개를 불쑥 내밀자…… 나는 허둥지둥 뒤쪽으로 몸을 날렸다.

"그럼 가자……. 차 한 잔 정도는 같이 마셔줄 수 있지?"

"예……."

뭐, 선배도 내가 이런 태도를 취하는 이유가 충분히 짐작이 가는지, 더는 꾸짖지 않았다.

그리고 우리는 학교에서 역으로 이어지는 길을 걸었다.

우타하 선배는 나를 기다려주지 않았다. 하지만 내가 따라올 거라는 걸 확신이라도 하듯, 앞장서서 걸었다.

나는 그런 그녀와 나란히 서지도, 뒤처지지도 않으면서, 한 걸음 정도 떨어져서 따라갔다.

겨우 1미터 정도 떨어진 거리에서 그녀의 길고 윤기 넘치는 흑발이 흔들리는 모습을 멍하니 응시하며 걷고 있었다.

그녀의 모습이 예전보다 더 어른스러워 보이는 것은 서로의 입장이 달라졌기 때문일까.

아니면 서로의 관계가(어째서인지) 달라졌기 때문일까…….

아니, 생각해 보면 『그 순간』으로부터 한 달도 채 지나지 않았다.

애니메이션이나 드라마라면, 지금쯤 『그 순간』의 회상 장면이 슬로 모션으로 재생될 만큼 임팩트가 강렬한 이벤트였던 것이다.

지금도 눈을 감으면 우타하 선배의 부드럽고 따뜻하며 요염한 입술의 감촉이…… 뭐, 그 순간 머릿속이 새하얗게 된 탓에 기억 자체가 전부 날아가 버렸지만 말이다.

※　※　※

그리고 약 십여 분 후.

우리는 예전에 자주 왔던 통나무집 느낌의 카페에 왔다.

"저, 저기, 우타하 선배……."

"왜?"

"……으, 으음…… 대학은 좀 어때요?"

"아직 안 갔어. 어차피 지금은 오리엔테이션만 하지 강의는 없거든."

"잠깐만요. 오리엔테이션은 가라고요. 빠질 거면 강의를 빠지란 말이에요!"

뭐, 양쪽 다 빠지면 안 되지만 말이다.

"괜찮아. 어차피 『소오 대학 중퇴』라는 직함이 필요한 것뿐이거든. 출판업계인으로서의 스테이터스 삼아서 말이야."

"소오 대학교는 이상한 편견이 붙어있나 보네요……."

뭐, 소오 대학교에서 그쪽 업계로 진출한 사람들은 주로 재학 중에 아르바이트를 하면서 만든 인맥이나 실적을 활용하고 있으며, 아르바이트 때문에 너무 바빠 학점 딸 시간이 없다고 한다.

참고로 이 정보의 출처는 후시카와 서점 부편집장인 마치다 소노코 씨(소오 대학 중퇴)다.

"그, 그런데 우타하 선배……."

"그러니까, 왜?"

"아니, 그러니까 말이죠."

"응?"

"……."

"왜 우물쭈물하면서 좀처럼 본론에 들어가지 않아 유저를 짜증나게 만드는 최저 최악의 얼간이 주인공 같은 태도를 취하는 거야?"

"이, 이런 상황이니 얼간이 주인공이 될 수밖에 없다고요!"

수치심과 가책을 견디다 못한 나는 오른손을 마구 흔들었다.

……그러자, 아까부터 내 오른손을 감싸쥐고 있던 우타하 선배의 양손 또한 함께 흔들렸다.

한편, 테이블에 앉은 후로 주문을 할 때도 계속 이 상태였던 탓에 나는 아직 물 한 모금도 마시지 못했다.

"곧 15분이 되네……. 뭐, 윤리 군의 윤리관을 생각하면

이쯤이 한계이려나?"

"죄송해요. 싫은 건 아니에요. 진짜로 싫은 건 아니라고요~!"

그저, 그런 일이 있었던 탓에 1초당 하루씩 수명이 줄어들어가는 느낌이 드는 것뿐이다.

"괜찮아. 나한테 창피를 주지 않으려고 최선을 다한 거지?"

"우, 우타하 선배……."

"그럼 마지막으로 성욕을 자극하는 혈도를……."

"하하하, 하지 마요?!"

"하아, 하아, 하아……."

겨우 우타하 선배의 필살기(기술명 : 행복잡기)에서 벗어난 나는 일단 마음을 진정시키기 위해 이미 완전히 식어버린 커피를 한 모금…….

"하지만 만나줘서 정말 고마워……. 나는 네가 제 아무리 심한 짓을 요구하더라도 거절할 수 없을 만큼 심한 짓을 했잖아."

"푸웁?!"

그리고 그대로 뿜었다. 그만해. 진짜로 그만하라고.

"예를 들어, 「우타하 선배는 이 자리에서 ○○○를 벗고, 이 ×××를 단 채 개처럼 네 발로 걸으면서 공원을 산책해요……. 아, 맞아요. 이 ×××말인데, 불시에 스위치를 켤 거니까 잘 참아 봐요.」 같은 명령을 저질스러운 미소를 지으면서 해도……."

"그런 건 요구 안 할 거예요! 나는 아직 열일곱이라고요!"

"그래? 그럼 너의 열여덟 살 생일날을 기대……."

"열여덟이 되어도 아직 고등학생이라고요! 에로 게임도 구입할 수 없다고요! 그리고 열여덟이 되어도 그런 건 안 시킬 거라고요! 왜 그딴 걸 기대하는 건데요?!"

스킨십 다음은 음담패설…… 레벨이 너무 높다고요, 우타하 선배…….

"뭐, 미안해. 실은 나도 좀 거북해서 어떤 식으로 너를 대해야 할지 몰라서 이런 짓을……."

"그래도, 좀 더 평범하게 거북함을 표현해주면 고맙겠거든요?!"

솔직히 말해 희희낙락하면서 나를 놀리는 것처럼 보인다굽쇼…….

"그렇구나. 하시마 양이 자기 친구를 서클에 영입하려 했구나……."

"뭐, 결국 너무 힘들 것 같다면서 들어오지 않았지만요."

"윤리 군이 하시마 양과 또 동인에 대해 뜨거운 대화를 나눈 거지? 그래서 하시마 양의 친구들이 질려버린 거잖아."

"죄송하지만 마치 직접 본 것처럼 정확하게 상황을 맞추지 말아 주세요."

그런 거북함(?)을 겨우 극복한 우리는 조금씩 이야기꽃을 피웠다.

우리는 한 달 전에 쇼킹하게 갈라섰지만…… 곰곰이 생각해보니 여기가 바로 당시의 현장이잖아! 나나, 우타하 선배나, 용케도 주저 없이 이곳에 들어왔네.

"사와무라 양과 같은 반이 됐구나……. 여러모로 거북하겠네."

"아, 딱히 그렇지는…… 뭐, 때때로 말다툼을 하기는 하지만 그래도 저는 그 녀석의 결단을 존중하기로 결심했으니까요."

"너는 그걸로 괜찮을지도 모르지만, 다른 사람들도 납득한 건 아니잖아?"

"그건……."

"이야기 돌려서 미안한데, 카토 양은 잘 지내고 있어?"

"저기, 진짜로 이야기 돌린 거예요? 진짜로 돌린 거냐고요!"

화제는 주로 서클…… 『blessing software』에 관한 것들이었다.

최근의 동향, 신작, 새 멤버 그리고 남은 멤버에 관한 이야기였다.

그것이 서로에게 있어 가장 편한 화제였던 것이다.

뭐, 그녀는 이제 같은 서클의 멤버가 아니지만 말이다.

"아무튼, 그 두 사람을 계속 신경 쓰는 편이 좋을 거야. 카토 양은 보기보다 음험한 편이기도 하잖아."

"죄송하지만 본인도 그걸 신경 쓰고 있으니까 그 이야기는 하지 말아주세요."

"하지만 그녀와 사와무라 양 중에서 누구를 적으로 돌리면 더 무시무시한지는 너도 알고 있지?"

"죄송하지만 그 공포는 두 번 다시 떠올리고 싶지 않으니까 그 이야기는 하지 말아 주세요!"

그런데도 이렇게 서클에 대한 이야기를 계속 할 수 있는 것은 그녀가 OG, 즉 우리 서클의 은퇴생이기 때문일까.

서클과 직접적인 관련이 없기에, 푸념이나 고민처럼 멤버들에게는 말할 수 없는 골 때리고 짜증나는 이야기도 할 수 있는 걸까.

나의 우는 소리를 들어주는 걸까.

"참, 카토 양에게는 사실대로 말했어?"

"뭘 말이에요?"

"내가 너의 첫 여자가 됐다는 걸 말이야……."

"푸웁?!"

"만약 그 사실을 알면 윤리 군은 어떤 취급을 당할까? 평소처럼 멍하니 흘려 넘길까? 아니면 또 너와 말도 섞지 않을지도……."

"그런 건 남한테 이야기할 만한 일이 아니라고요! 그리고 맞지도 틀리지도 않은 미묘한 표현도 쓰지 마요!"

"아아, 지금 바로 그녀에게 알려주고 싶네……. 그래. 전화를 통해서만 할 수 있는 말이 있어. 목소리만으로 전할 수 있는 마음이 있어."

"누군가와 한창 이야기하는 와중에 다른 사람에게 전화하는 건 매너 위반이라고요!"

……이야기하면 내가 울게 될 거라는 걸 알면서 왜 저러는 걸까. 여러 가지 의미에서 말이다.

"그런데…… 우타하 선배 쪽은 좀 어때요?"

"그러니까, 대학은 입학식 이후로 가지 않았……."

"아, 『필즈 크로니클』 말이에요."

"…………."

이미 당할 대로 당한 나는 될 대로 되라는 심정으로 그런 것까지 물었다.

아마 그것은 내가 가장 묻고 싶지 않으면서, 가장 묻고 싶은 것이리라.

그리고 그녀가 가장 말하고 싶지 않으면서, 가장 말하고 싶은 것이리라.

"뭐라고 대답하면 좋을까……. 지금 이 자리에서 눈을 반짝이면서 「나, 태어나서 가장 충실한 나날을 보내고 있어!」 하고 평소의 윤리 군처럼 열변을 토한다면 너는 어떻게 할래?"

"……마음속으로 울면서도 겉으로는 미소를 짓겠죠. 그리고 두근거리는 가슴을 안은 채 발매일을 기다릴 거예요!"

"그럼 영락없는 그거네. 아내가 다른 남자와 관계를 가지는 모습을 쳐다보며 이를 갈면서도, 하반신은 힘차게 반응하는 얼간이 남편 말이야."

"우타하 선배, 대학생이 되니 비유가 더욱 저질스러워졌는 뎁쇼?!"

"그야 나는 이제 연령적으로도 직업적으로도 윤리 규제 대상외가 되었잖아. 이런 소리를 해도 전혀 문제될 게 없어."

"아니, 사회 통념적으로는 여러모로 문제가 있다고 생각하는데요……."

뭐, 예상대로 전혀 대답해주지 않았고, 나 또한 진지하게 물어볼 생각은 없었다.

※　※　※

"우와, 어두컴컴해……."

"꽤 오래 있었던 것 같네. ……전혀 눈치 못 챘어."

시계를 보니 어느새 여덟 시가 지났다.

아무래도 이야기에 너무 열중한 바람에 우리 둘 다 시간 감각을 잃었던 것 같았다.

"자, 그럼 돌아가서 잠시 눈 좀 붙인 후 아침까지 플롯을 다시 짜야겠어."

"내일은 대학에 꼭 가요. 들을 강의를 사전에 등록해야만 한다면서요?"

"대학교는 여러모로 귀찮다니깐……."

"우타하 선배는 추천입학이죠? 그래놓고 1년도 못 가 중퇴하면, 소요 대학교에서 토요가사키의 추천입학생을 안 받게 될 거라고요."

결국 나는 두 시간 가량 계속 놀림만 당했다.

오늘 우타하 선배는 평소보다 더 음험하고 과격했으며, 평소보다 더 하이퍼했다.

……마치 한 동안 만나지 못한 사이에 생긴 골을 단숨에 메우려는 것처럼 말이다.

뭐, 그것이 올바른 행동인지 아닌지는 제쳐두겠지만 말이다.

"그럼 윤리 군도 힘내."

"뭐, 저는 진학 같은 건 아직 눈곱만큼도 생각해보지 않았지만요."

"아니, 그게 아니라……."

"아……."

그리고 가게를 나선 하이퍼 우타하 선배는 약간 기분을 가라앉히더니…….

"서클 활동, 힘내. 게임 제작, 힘내. 시나리오…… 힘내."

"우타하 선배……."

미묘하게 나른하고, 약간 우울한 표정을 지으며, 내 손을 또 꼭 움켜잡았다.

"내가 이런 말을 한 바람에 네가 또 상처를 입을지도 모르지만……."

"그렇지 않아요."

그래서 나는 그 애처로움에 속으…… 아니, 얽매이…… 아니 딱히 그런 건 아니지만…….

하지만, 어째선지 그 따뜻한 손을 마주 잡았다.

"카스미 우타코가 기대해준다고 생각하니, 용기가 샘솟네요……. 우리 플롯이 완성되면 꼭 혹독한 평가를 내려주세요."

"……또 만나줄 거야?"

"물론이죠! 또 만나서「진행 상황은 좀 어때?」같은 소리나 해요."

"그건 꽤나 짜증나는 데이트네."

그런 식으로 대답한 우타하 선배는 그 순간, 귀엽게 입술을 내밀었다.

……겨우겨우 보일 만큼 아주 약간만 말이다.

"그럼 내가 벽에 부딪히면 같이 아이디어 좀 짜줘요!"

"어머? 벽에 부딪힌다는 건 순조롭게 진행되고 있을 때 쓰는 표현이야. 시나리오 라이터가 되려는 사람이 그런 실수를 하는 건 여러모로 문제네."

"……그런 아무래도 상관없는 것 가지고 날카로운 태클을 걸 필요는 없지 않아요?"

"그렇지? 정말 편집자들은 까다롭다니깐. 아무도 그런 건 신경 쓰지 않는다고 말하고 싶어."

"저기, 편집자와 싸우면 안 된다고요. 항상 신세 지고 있잖아요……"

손을 잡은 채, 어두운 밤길을 걸으며 천천히 역으로 향하고 있는 우리는 마치…….

"저기, 윤리 군."

"왜요?"

"지금의 우리는 왠지 사연 있는 과거 애인사이 같지? 그리고 과거로 돌아가고 싶어 하는 분위기같지 않아?"

"왜 전부 『과거』가 붙는 건데요?!"

"아아…… 신작의 플롯이 생각났어! 피치 못할 사정으로 헤어지고 만 두 사람. 하지만 서로를 향한 미련을 가진 그들은 이런저런 이유로 만날 때마다, 결국 서로에게 몸을 허락하고 말아……. 이윽고, 이유 없이 몸 상태가 나빠진 그녀는 설마 하고 생각하면서 어떤 검사약을 사용해보는데, 아니나 다를까!"

"그거 판타스틱 문고에서는 절대 낼 수 없을 걸요?!"

"맞아. 그럼 M문고에서 내야겠네……. 그런 고로 윤리 군. 지금부터 취재하러 가자."

"어디에 취재하러 갈 건데요?! 대체 뭘 취재할 건데요?!

그리고 이런 쪽 취재는 마치다 씨한테 부탁하라고요!"

아, 혹시나 해서 말하는 건데, 그 뒤로 곧장 집으로 돌아갔다고. 진짜야……

제3장

이렇게 동침 이벤트에서
긴장감이 느껴지지 않는 작품이 과거에 존재했을까

"그래. 플롯은 4월말까지 완성하자. 그리고 이즈미가 캐릭터 디자인 작업을 5월 동안 하는 거야."

4월 중순. 새 학기가 시작하고 두 번째 맞이한 주말의 내 방.

그곳에는 창문에서 쏟아져 들어오는 봄 햇살의 온화한 선율을 쬐면서 지난주와 마찬가지로 방에 틀어박혀 게임 제작 회의에 여념이 없는 나와 카토가 있었다.

"괜찮아? 플롯 마감은 골든위크 때까지로 잡는 게 낫지 않을까?"

"아냐. 5월초는 연휴 기간이니까 그때 이즈미가 캐릭터 디자인 작업을 단숨에 진행해줬으면 하거든."

우리의 오늘 의제는 겨울 코믹마켓에 맞춘 게임 제작 스케줄 작성이다.

게임 제작에 있어…… 아니, 이 세상에 존재하는 온갖 집단 작업의 초기 단계에서 빠질 수 없는, 그야말로 프로젝트의 성패가 걸린 가장 중요한 안건이다.

"하지만 작년에도 할 수 있다고 그렇게 자신만만해 했지만, 실제로 플롯이 완성된 건 골든위크 마지막 날이었지?"

"으……."

……그렇다. 작년 프로젝트는 플롯 작성이 제대로 되지 않았기 때문에 그렇게 엉망진창이었던 것이다. 너희는 그러지 말라고!

"그것도 골든위크 다음날 아침에 겨우 완성했잖아? 그리고 학교도 지각했지?"

"카토 너, 용케 기억하고 있구나……."

"그야 나도 덩달아 지각하고 말았잖아. 아키 군은 벌써 잊은 거야?"

"그…… 그럴 리가 없잖아~."

"그렇지?"

그래. 잊을 리가 없다고.

작년 연휴 다음날의 일을 말이야. _{1권 제6장}

그렇게 엉망진창에 최악이며, 지금 떠올려 봐도 머리를 감싸 쥔 채 데굴데굴 구르고 싶을 만큼 부끄러우며…….

그리고 그렇게 장황하고 최고이며, 지금 떠올려 봐도 살짝 눈물이 날 만큼 부끄러운…….

우리의 게임 제작이 진정으로 시작된, 그때의 일을 잊을 수 있을 리가 없다.

"……."

"왜 그래? 아키 군이 5초 넘게 입 다물고 있으니 왠지 기분 나빠."

"말짱 꽝이 됐어! 모처럼 내가 분위기 잡으면서 하던 독백이 말짱 꽝이 됐다고!"

"그래서 아키 군. 캐릭터 디자인 작업은 얼마나 걸릴 거라고 생각해?"

때때로 카토가 태클을 거는 와중에도, 회의는 척척 진행됐다.

"수정 작업을 포함해 얼추 두 달…… 6월 말까지 완성한 후, 스탠딩CG 작업을 할 거야. 뭐, 이건 원화가에게 확인을 해봐야 정확하게 알 수 있을 거야."

"시나리오 쪽은 캐릭터 디자인과 병행해서 진행할 거지?"

카토는 테이블 위에 놓여있는 여름밀감을 까면서 진지한 표정으로 앞으로의 일정에 대해 물었다.

그 진지한 시선이 나나 화면이 아니라, 자신이 까고 있는 밀감을 향하고 있다는 건 일단 제쳐두자.

"응. 물론이야. 아마 5월에 시작해서…… 8월 말이면 완성될걸?"

"그 정도 기간으로 괜찮겠어? 작년과 기간이 거의 같은데?"

"괜찮아. 문제없어. 우리에게는 작년에 해온 경험이……."

"카스미가오카 선배도 작년에 그 일정을 지키지 못했잖아."

"으……."

여전히 밀감을 쳐다보고 있는 카토는 변함없이 멍한 표정으로, 내 아픈 곳을 정확하게 찔렀다.

"게다가 원화 쪽도 마지막에 그 난리가 났었잖아. 그러니 스케줄을 좀 더 여유 있게 짜지 않으면 나중에……."

"……어이, 카토."

"응? 아키 군, 왜?"

하지만 그 멍한 표정이 한 순간 미묘하게 무너졌다는 사실을, 나는 놓치지 않았다.

그 순간은 바로…….

"왜 시나리오 쪽은 담당했던 사람의 이름을 언급하면서, 원화 쪽은 『원화 쪽』이라고 말하는 거야?"

"……말실수를 했을 뿐이야. 다른 뜻은 없어."

"딴 뜻이 넘쳐흐를 정도로 있잖아! 네가 5초 넘게 입 다물고 있으면 무지 무서우니까 그러지 좀 말라고!"

요즘 들어 한사코 이름을 언급하려 하지 않는, 그녀의 절친에 대해 이야기할 때였다.

"하지만…… 하지만, 말이야."

두꺼운 껍질을 벗긴 카토는 밀감을 조각내더니 조각에 붙어 있는 얇은 껍질을 떼어내기 시작했다.

"어이, 카토. 너, 아직도 에리리에게 응어리가 남아 있는 거야?"

"……나로서는 오히려 아키 군에게 묻고 싶어."

"뭘 말이야?"

"저기, 진짜로 상대가 하려는 말이 뭔지 눈치채지 못한 『미소녀게임 세계에 흔히 나오는 둔감 주인공』 같은 태도가 진짜로 나한테 통할 거라고 생각하는 거야? 라는 질문을 말이야."

"그러니까 그렇게 완곡적으로 나를 몰아붙이지 좀 말아 줄래?!"

밀감에 붙은 껍질 제거 작업에 집중하고 있는 탓인지, 방금 언급한 화제가 자신에게 가한 대미지 탓인지는 모르겠지만, 카토는 멍한 표정을 희미하게 찡그렸다.

"나, 결국 마지막까지 에리리를 이해하지 못했어."

"그랬구나……."

"에리리가 무슨 생각으로 서클을 그만두겠다는 결단을 한 건지를. 왜 아키…… 우리와 멀어져도 괜찮다고 생각했는지를 말이야."

"뭐, 그게 크리에이터의 숙명 아닐까?"

나는 카토가 내민 밀감조각을 입에 넣으면서 멍한…… 아니, 의도적으로 아무렇지도 않은 듯한 태도를 취하고 있는 그녀를 쳐다보았다.

"아키 군은 그 숙명이라는 게 어떤 건지 알아?"

"크리에이터가 되려고 하는 워너비에 불과한 내가 알 리가 없잖아……. 아직은, 모른다고."

"아직은, 모르는 구나……."

하지만 카토는 아직도 납득이 되지 않는지, 어디 사는 양데…… 정념(情念)이 넘치는 여성이 과거에 했던 것과 비슷한 말을 입에 담았다.

"하지만 나도 언젠가는 알 때가…… 같은 짓을 할 때가, 올지도 몰라."

"그 말은 언젠가 아키 군도, 서클을 버릴지도 모른다는……."

"그~러~니~까~, 아직은 모른다고 했잖아."

"아~, 역시 안 되겠네. 에리리에 대해 생각하니 또 속이 부글부글 끓어."

카토는 아직 납득이 안 된 것처럼, 그리고 그런 자신을 질책하듯 고개를 내젓더니, 다 깐 밀감 조각을 자신의 입에 던져 넣었다.

"혹시 : 그건 사랑이야?"

"그런 소리는 하지 말아줬으면 좋겠어. 간접적으로라도 연관이 있으면 어떻게 할 거야? 아, 그리고 솔직히 징그럽다구, 아키 군."

"잠깐, 마지막 그 대사, 할 필요 없지 않아?!"

자신을 질책하는 걸로 모자라, 남한테까지 송곳니를 드러내지는 말아줬으면 좋겠는데 말이야.

그리고 이런 경우에 『간접적』이라는 게 무슨 소리지? 너무 완곡해서 의미를 모르겠다고. 제대로 된 일본어를 쓰란 말이다.

"아무튼 슬슬 머리 좀 식혀. 너 요즘 한 번 삐치면 너무 오래간다고."

"……아키 군이 나에 대해서 뭘 안다고 그런 소리를 하는 거야?"

"카토가 한 번 화나면 두 달 동안은 그 상대와 말을 섞지 않는다든가, 아무도 이길 수 없다든가 엄청 무섭다든가 충분하고도 남을 만큼 이해하고 있는뎁쇼~."

"메인 히로인에게 속성이 생겨서 다행이네~."

"그런 골 때리는 속성이 생기기를 바란 적은 없는데 말이야."

이렇게 나를 괴롭히는 걸로 스트레스 해소를 해서, 절친을 향한 감정을 제어하려 한 카토는 사과라도 하듯 또 밀감 조각을 나에게 내밀었다.

"그건 그렇고, 이 밀감은 정말 시큼하네~."

"불평은 이걸 보내온 나가노에 있는 본가 사람들에게……."

"아～ 저기, 두 분～. 러브러브를 하더라도 내 존재를 의식해가면서 해줬으면 하는데～."

"……무슨 소리를 하는 거야, 효도 양. 그런 짓을 할 리가 없잖아. 아키 군은 진짜로 징그럽다구."
"그거, 두 번이나 할 소리냐?!"
……아까부터 이 방에서 계속 기타를 치고 있던 미치루에게, 카토는 5초가 아슬아슬하게 지나기 전에 대답을 했다.

※　※　※

"우와, 엄청 시큼해～!"
"이걸 보내온 곳은 네 본가이기도 하다고."
카토가 『어떤 사정』으로 잠시 자리를 비워서 회의를 중단하게 된 덕분에 안도 섞인 분위기가 흐르고 있는 내 방.
그런 릴렉스 무드 속에서, 카토가 자리를 비우면서 남겨두고 간 대량의 밀감(껍질을 벗겨둔 것)을 먹던 미치루는 아까 전의 나와 똑같은 표정을 지었다.
……나중에 설탕이라도 좀 뿌려둘까? 그래야 겨우 먹을

수 있을 것 같은데 말이야.

"그런데 토모."

"왜?"

"……카토는 너를 스스럼없이 대하게 됐네."

"……카토도 너에게 이런 말을 들을 거라고는 눈곱만큼도 생각한 적 없을 거야."

"아니, 나는 누구나 스스럼없이 대하니까 어찌 보면 평등을 추구하고 있는 거라구~."

"너, 혹시 자기 자신의 평소 태도가 지극히 올바르다고 생각하는 거야?"

방금 전까지 존재 자체를 무시당했던 미치루는 약간 삐친 것처럼 내 볼을 꾹꾹 누르면서 불평을 늘어놓았다.

아까는 회의 참가를 거부하며 BGM이나 연주했으면서 말이다. 정말 제멋대로인 녀석이다.

"토모도 말이야……. 네 방금 태도는 오타쿠가 여자애에게 취할 태도가 아니라구."

"아니, 그야……."

"「그야 카토니까.」라는 대답은 NG야."

"윽……."

요즘 들어 드는 생각인데, 내 주위의 여자들은 내 선수를 치는데 너무 능숙한 것 같았다.

아니면 그저, 요즘 들어 내가 얼간이처럼…… 선수를 계속 빼앗기고만 있는 것일까.

"그, 그것보다, 너는 오늘 뭘 하러 온 거야? 아까부터 계속 기타만 치고 있잖아."

"그야 회의에 참가하러 왔지."

"그럼 처음부터 논의에 참가해서……."

"물론 참가할 거야. 『icy tail』의 스케줄에 관한 이야기라면 말이야."

"……아~."

"잠깐만. 잊고 있었던 건 아니지? 그렇지? 매니저."

"……으, 응~."

그래, 물론 잊고 있었어.

그러고 보니 지난 주, 분명 『icy tail』의 메일링리스트에서 그런 논의를 했던 기억이 있다. 아니, 기억이 아니라 어렴풋한 기억으로서 말이다.

"앞으로도 실컷 하고 싶어~. 올해 초에는 정말 엄청났다구, 토모. 쉴 새 없이 격렬하게 밀어 붙여댔잖아. 내가 「좀 쉬고 싶어~.」하고 부탁해도 들은 척도 하지 않았잖아~."

"라이브 이야기지?! 그 외의 다른 일은 없었지?! 맞지?!"

뭐, 확실히 그때는 그런 느낌이었다.

작년 가을부터 미치루가 소속된 애니메이션송 걸즈 밴드 『icy tail』의 매니저로(미치루가 『blessing software』에 참가하는 조건으로) 취임한 나는 겨울 코믹마켓이 끝난 올해 초부터 본격적인 밴드 매니지먼트 활동을 시작했다.

한 달에 두 번, 바쁠 때는 매주 주말, 더 바쁠 때는 토일 연속으로 라이브를 잡았다. 그때마다 좋아죽는 미치루와 달리, 다른 멤버들에게 원망과 한탄 섞인 시선을 받으면서도 나는 매니지먼트에 열성을 다했다.

……아, 서클 쪽이 삐걱삐걱거려서 다른쪽으로 현실도피를 한 건 아니거든? 진짜거든?

아무튼, 내 입으로 이런 말을 하는 것도 좀 그렇지만, 그 당시에는 정말 무시무시하게 바빴다.

미치루 녀석, 그렇게 하드한 스케줄을 소화하면서도 용케 진급 했구나.

뭐, 아무튼 그런 열정적인 활동 덕분에 지금은 아키하바라 의 라이브계에서 『icy tail』의 이름을 모르는 자는 귀머거리 취급을 당할 만큼, 그녀들의 존재는 깊이 각인되어 있었다.

"우리는 더욱 높은 곳에 올라가고 싶어……."

"그, 그래?"

그런 상황이 된 지금, 원래 메이저를 지향하던 미치루가 이런 소리를 하는 것은 지극히 자연스러운 일이었다.

"그래. 봄부터는 한 달에 한 번…… 아니, 한 달에 두 번 정도 라이브를 하는 거야."

"하, 한 달에 두 번?!"

"못 한다는 소리는 안 할 거지? 올해 초에 너는 분명 해냈잖아."

저기, 그 논리는 이상했다.

그야 다른 일거리가 없었을 때는 그 정도 페이스도 가능했지만…….

그래도 운이 좋아 한 번 대박을 쳤고, 그 덕분에 차례차례 다양한 미션이 발생하고 이 상황에서 그때와 같은 페이스를 요구하는 건 너무 잔인한 짓이잖아요, 편집자 님. 잠깐, 편집자가 누구야?

"그리고 올해 안에 CD를 내고 싶어."

"씨, 씨디?!"

"그때까지 오리지널 곡을 두 자릿수 이상 만들어둬야겠네~. 뭐, 괜찮아. 꽤 힘든 일이기는 하지만 우리 꿈을 위해서라면 얼마든지 해낼 수 있어."

……죄송합니다만, 그 『우리』 안에 나도 포함되어 있다면, 일전에 내가 제시한 『3년 안에 애니메이션 주제가 제휴』라는 목표를 거절한 건 어째서인가요?

"이야~, 올해는 바쁠 것 같네. 목표는 『icy tail』의 메이저 데뷔! 무르기 없기~!"

"너, 졸업은 안 할 거야?! 대학은 안 갈 거냐구!"

"토모에게 그런 소리를 들을 이유는 없거든? 피장파장이거든?"

"그, 그렇지도 않아! 나는 요즘 들어 대학 쪽도 생각하고 있단 말이다……."

그렇다. 일단 오타쿠 관련 전문학교에 입학만 하는 것이다. 그리고 게임이 대박나면 그 학교의 잡지 광고에 잘난 척하는 얼굴 사진과 함께 「꿈을 포기하지 마」 같은 풋내 나는 문구가 실리는 장대한 야망을 검토 중…….

"아무튼!"

"윽…… 어, 어이, 미치루……."

미치루는 갑자기 나를 침대에 쓰러뜨리더니, 내 위에 올라탔다.

그녀는 자신이 내건 크나큰 목표 때문에 긴장하고 있는 것일까, 성공을 한 자신을 상상하며 황홀해하고 있는 것일까.

"우리, 힘내자. 나…… 토모가 「이제 한 방울도 안나와.」 하고 말할 정도로 마구마구 쥐어짜줄게~."

"그거 라이브 스케줄 말하는 거지?! 그래도 뉘앙스가 안 맞거든?! 일본어를 좀 제대로 쓰란 말이다!"

아니면, 으음~ 으음~ 아무튼 발정…… 아니, 흥분한 것일까.

"토모……."

"미, 밋치……."

"목욕 다 했어~. 머리카락이 짧으니 금방 말라서 편하네."

"............"

"......으, 응. 수고했어."

하지만 바로 그때, 우리의 카토 메구미 양이 기대에 어긋나지 않는 타이밍에 모습을 드러냈다.

너, 문 앞에서 타이밍을 재고 있었던 건 아니지? 그렇지?

※ ※ ※

"......그럼 아키 군이 맡는 건 프로듀서, 디렉터, 기획, 시나리오, 스크립트, 밴드 매니저니까 총 1인 6역을 해야 되네."

"으, 응......"

전원이 목욕을 마치고, 도쿄○×의 애니메이션이 종료된 후에 끝내주게 텐션이 높은 홈쇼핑 방송이 시작됐을 즈음, 게임서클 『blessing software』와 걸즈 밴드 『icy tail』의 회의가 재개됐다.

......막차가 이 집에서 가장 가까운 역을 지나는 시간이 지났기에, 이 시점에서 다른 이들이 이 집에서 자고 가는 것 또한 확정됐다.

"제정신이야?"

"으, 응......"

"우와아……."

그리고 카토가 멍하면서도 차가운 목소리로 한 말은, 나뿐만 아니라 미치루도 질리게 만들었다.

"뭐, 이런 현황이 드러난 것만으로도 스케줄을 짜보기 잘했다고 생각하지만……."

"그렇지? 그렇지?! 이게 바로 서클 2년차의 경험치라는 거야~. 「이, 이럴 수가……. 작년까지의 저 녀석과는 완전 딴사람이야!」라든가, 「말도 안 돼?! 겨우 1년 만에 이 정도로 성장한 건가?!」라고나 할까……."

"아키 군, 시끄러워."

"예, 예입……."

"우와아아……."

카토가 보내고 있는 멍하면서도 차가운 시선이, 나뿐만 아니라 미치루도 겁먹게 만들었다.

어때? 이 녀석 무섭지? 내가 아까 한 말, 거짓말 아니지?

"아키 군, 이걸 혼자서 다하는 건 무리야. 이 중에서 일부는 관둬야 한다구."

"아~, 토모가 지금 매니저를 관두면 곤란해~. 겨우 우리도 본격적으로 시동이 걸리기 시작했단 말이야~."

"……그래도 꿈이나 의욕만으로는 어떻게 할 수 없는 게 존재한다는 걸, 우리는 작년에 깨달았잖아."

"카토……."

그 말을 입에 담은 순간, 카토의 표정은 미묘하게 일그러지더니, 분하면서도 슬퍼하고 있는 것처럼 보였다.

평소의 애매모호한 감정표현만 봐서는 알 수 없지만, 이 녀석은 진짜로, 진심으로 이 서클을 좋아한다. 그리고 그렇기 때문에, 아직도 후회하고 있는 것이다.

내가, 그리고 자신이 좀 더 정신을 바짝 차렸다면 『blessing software』가 일시적으로나마 붕괴되는 것을 막을 수 있지 않았을까.

에리리도, 우타하 선배도 서클을 관두는 것을 막을 수 있었던 것은 아닐까.

"일단 스크립트는 전부 내가 맡기로 하고…… 그 외에도 할 수 있을 만 한 건 디렉터네. ……저기, 아키 군. 디렉터가 하는 일은 「으음~, 뭔가 다른 것 같은데~. ……그게 뭔지는 모르겠지만 말이야.」 하고 적당히 트집을 잡으면서 작업을 방해하는 것 맞지?"

"어이, 카토. 잠깐 스톱."

"하지만 어떻게든 하지 않으면, 올해도 겨울 코믹마켓 전에 완성하지 못할지도……."

"너, 지금 머리가 안 돌아가지? 실은 엄청 잠 오지?"

"에이~, 그렇지 않아~……."

"어, 어라? 어이~ 까또~?"

"그렇게 부르지 말라고 전에 말했잖아…… 효도 양~."

"아, 깨어났네."

그런 식으로 저항하기는 했지만……

마치 자신이 인간이라는 사실을 방금 떠올린 것처럼, 카토의 눈꺼풀이 스르륵 감기기 시작했다.

"아~, 이번에야말로 완전히 곯아떨어졌네……"

뭐, 우리 서클의 스케줄 원안을 깔끔하게 짜서 우리 집에 왔을 때부터 얼추 예상은 했다.

이 녀석, 아마 어제부터 거의 안 잤을 거야.

"뭐, 그냥 가만히 두자."

즉, 아까부터 나에게 차가운 태도를 취한 것은 그저 졸리기 때문에……

"나를 내려다보는 것 같은 그런 태도, 마음에 안 들어……"

"아, 또 깨어났네."

"그런 사소한 일로 일일이 부활하지 마!"

그리고 카토는 완전히 잠이 들 때까지, 여덟 번 정도 같은 짓을 반복했다.

※　※　※

『저기, 진짜로 지금, 여기서 할 거야?』

『……부끄러운 거야?』

『부, 부끄럽달까, 깨면 어떻게 할 거야?』

『괜찮아……. 봐. 완전히 곯아떨어졌잖아.』

『하, 하지만…… 아앙.』

『뭐야, 너도 겉으로는 싫은 척 하지만…….』

『그, 그치만, 그치만…… 하아앙.』

"……으, 으으응?!"

창문을 통해 아침햇살이 쏟아져 들어오고 있는 일요일 오전 일곱 시.

곧 TV아사히 계열 채널이 활약할 것 같은 요일과 시간대에, 부활한 좀비처럼 느닷없이 벌떡 일어난 이는…….

"바, 방금…… 어?"

"어~, 일어났구나. 좋은 아침이야 카토…… 어이, 미치루! 도망가지 마!"

"카, 카토 도와줘……. 토모가 토모가…… 못 자게 해~."

"……뭐어~?"

그야 물론 몇 시간 전에 모든 힘이 바닥난 채, 침대에서 쿨쿨 자고 있던 카토 메구미였다.

방금 잠에서 깬 탓에 상황을 이해하지 못하겠는지, 그녀는 어리둥절한 표정으로 눈을 비비면서 격렬한 몸싸움을 벌이고 있는 나와 미치루를 쳐다보고 있었다.

"자, 미치루! 이제 한 시간만 더 하면 끝난다고! 순순히 내가 시키는 대로 해!"

"시, 싫어…… 더, 더는 무리라구…….."

"……으음, 뭐가 어떻게 된 건지 대충 상상이 되지만, 그래도 일단 아무나 다 알아들을 수 있게 설명 좀 해주겠어?"

서서히 정신이 또렷해지기 시작한 카토는 머리를 흔들었다. 그리고 꼭두새벽부터 뒤엉켜있는 우리를 무표정한 얼굴로 쳐다보더니, 교과서를 읽는 것 같은 딱딱한 말투로 물었다.

바로 우리 정면에 있는 텔레비전 화면에 나오고 있는 총천연색 2차원 미소녀를 응시하면서 말이다.

"잘 물어봤어, 카토! 이 게임이야말로 ○○게임 어워드 수상작…… 개성적인 히로인들의 매력『만을』극한까지 그리는 데 특화시켜, 유저들의 열광적인 지지를 받은 명작 ○○게임……의 콘슈머 이식판이자, 팬 디스크의 추가 시나리오도 수록된 궁극의……!"

"아, 응. 알았어. 즉, 효도 양에게 미소녀게임을 강제로 시킨 거지? 평소에 나한테 하던 것처럼 말이야."

"어, 뭐? 카토는 항상 토모에게 이런 짓을 당한 거야? 완전 미소녀게임 가정폭력 남편과 의존증 아내네?"

"저기, 미안한데 효도 양. 네 지금 처지는 동정하지만 방금 그 발언은 용서할 수 없어."

"아~ 노노노, 농담한 거야! 도와줘! 도와달라구 카토~!"

※　※　※

"그런데 이 시추에이션은 뭐야?"

"웃기지? 원래 이건 『한 방에서 자는 쌍둥이 여동생 몰래 러브러브하는 주인공과 쌍둥이 언니 히로인』이라는 시나리오였어. 그런데 콘슈머 이식되면서 『한 방에서 자는 쌍둥이 여동생 몰래 밤새도록 보드게임인 백개먼(Backgammon)을 하는 주인공과 쌍둥이 언니 히로인』이라는 시추에이션으로 뜯어고쳐졌지!"

"……아~, 그렇구나."

참고로 PC판의 이 장면에서 한 체^{백개먼}는 후○위…… 아, 물론 들은 이야기야!

"그런데 왜 이렇게 취향 탈 것 같은 미소녀게임을 오타쿠가 아닌 효도 양에게 시킨 거야?"

"아, 밤을 홀딱 세면서 텐션이 올라간 탓에……."

"하아…… 이건 완전 트라우마가 될 거야. 효도 양이 불쌍해."

"그, 그래……?"

나는 「저기, 지금 태연하게 이 게임을 하고 있는 카토도 오타쿠가 아니라는 설정이지 않아?」 라고 말하고 싶은 걸 꾹 참으면서, 볼을 긁적였다.

참고로 미치루는 조금 전까지 침대 위에서 이불을 머리까지 뒤집어쓴 채 부들부들 떨고 있었지만, 그 후 곧 곤한 숨

소리를 내며 잠들었다. 트라우마 같은 건 눈곱만큼도 안 생긴 것 같네.

"으음, 아키 군. 역시 이 게임은 칭찬할 곳이 전혀 없어. 뭐랄까, 시나리오가 너무 부자연스러워……."

"그렇구나……. 인터넷에 돌던 『원작의 장점이 전혀 남아있지 않은 쓰레기 이식판』이라는 소문은 사실이었던 거네……."

"잠깐만. 그걸 알면서 플레이시킨 거야? 게다가 아키 군은 해보지도 않았던 거야?"

"그, 그게 말이야! 나는 요즘 신작 플롯을 만드느라 바빴거든!"

"하아…… 뭐, 좋아. 그럼 나는 엔딩이 나올 때까지 ○버튼만 누르는 기계가 될게."

그렇게 말한 카토는 컨트롤러의 버튼을 누르는 손가락에 의식을 집중시키더니, 빠른 리듬을 타면서 메시지를 넘기기 시작했다.

……저기, 이 정도 속도면 자체 스킵에 버금간다고.

"……저기, 카토."

"으음~, 왜?"

그리고 카토가 ○버튼을 연타하기 시작하고 몇 분 정도 지났을 무렵.

화면에는 「갑자기 왜 그래?」 싶을 정도로 느닷없이 시작된 시리어스 신의 이벤트 CG가 표시되더니, 눈물 좀 흘려달라고 호소하는 듯한 BGM이 흘러나오기 시작했다.

"좀 더 천천히 해도 되지 않을까?"

"하지만 빨리 끝내야 한다구……. 어차피 한 루트 깰 때까지는 안 보내줄 거잖아."

"아, 그러니까, 쓰레기 게임 이야기가 아니라…… 서클 활동 말이야."

"아키 군……?"

나는 그런 어설픈 감동 신의 힘을 빌려, 잠시 동안 진지 모드에 돌입했다.

"시작하기 전부터 그렇게 필사적으로 머리를 쥐어짜내면서 자신을 궁지에 몰아넣었다간 얼마 못가 지쳐 쓰러지고 말 거야."

"아……."

아까, 카토가 잠든 동안 계속 했던 생각을…….

말 한 마디 한 마디 골라가면서 그녀에게 전했다.

"그리고 왜 네가 혼자서 다 끌어안으려고 하는 거야? 이 서클의 대표는 나잖아."

"그건……."

그건 상처 입었기 때문이리라.

작년에 내가 저지른 실패를, 자기 탓이라고 생각하고 있기 때문이리라.

"그래도, 뭐…… 고마워."

"…………."

그리고 아마, 이 서클에 애착을 가지고 있기 때문이리라.

그것도, 내가 생각하는 것보다 훨씬 더 많이…….

"그래봤자 게임이잖아."

그렇기에, 나는 카토의 마음에 부응하고 싶다.

"그래봤자 밴드잖아."

그렇기 때문에 함께, 그리고 천천히 생각해보고 싶다.

"그래봤자 공부잖아. 그래봤자 진로잖아. 그래봤자 인생이
잖아……."

우리 서클의 멤버 모두가 행복해질 수 있는 미래를 말이다.

무리를 할 때도 긍정적으로…….

뭔가와 싸울 때는 힘을 합쳐서…….

그런 식으로, 우리에게 딱 맞는, 그리고 가장 잘 어울리는
옷을 만들자.

"뭐, 확실히 그래봤자 게임이기는 해. 그래봤자 밴드기는
해. 그래봤자, 아키 군이기는 해."

"마지막 그 소리는 안 해도 될 것 같은데……. 뭐, 됐어."

카토는 컨트롤러를 쥔 채 옆에 있는 나에게 아주 약간 다

가왔다.

에리리처럼 머리를 내 어깨에 얹지는 않았다.

우타하 선배처럼 몸을 완전히 밀착시키지도 않았다.

하지만, 그 스킨십이라고도 부를 수 없을 정도의 스킨십 속에서…….

카토의 마음이 희미하게나마 느껴졌다.

"……미안, 아키 군. 역시 이 게임은 못하겠어. 기브업해도 돼?"

"이제 에필로그만 남았으니까 힘내서 클리어 하라고!"

제4장
뒤늦게 나타난 메인 히로인 후보(어느 쪽이?)

"이런이런…… 이런 좁아터진 곳에 용케도 왔네, 토모야 군."

그리고 시간이 흘러 4월 29일.

드디어 골든위크라는 이름의 연휴가 시작되어, 세간이 묘하게 들뜨기 시작하는 일주일의 첫날.

"……이오리. 방금 네 발언에는 잘못된 점이 세 개 정도 있어."

동인계에서 활동하는 이들에게 있어서는 이제부터 중소 동인지 즉매회가 떼를 지어 몰려오기 때문에, 새파랗게 질린 얼굴로 죽어라 원고와 싸워야 하는 날.

그리고 상업 작가에게 있어서는 『골든위크 진행』이라고 해서, 연휴 기간 동안 쉬는 인쇄소 때문에 마감이 앞당겨진다고 하는 저주에 걸려 모든 생기가 빨려나간 탓에 살아있는 시체가 되고 마는(추정) 날.

"첫 번째는 부모님이 이 집을 장만할 때 자신은 아무런 보탬도 되지 않았으면서 좁다고 말하는 그 거만함이야."

뭐, 그런 누군가의 원망 섞인 목소리는 내버려두자. 아무튼, 이런 휴일 낮에 내가 찾은 곳은 도심에서 볼 때 서쪽 방면에 있는 한 단독주택이다.

"두 번째는 도심에서 약간 떨어진 한적한 주택가 안에 있는 단독주택이라고 하는 우량주택을 좁다고 딱 잘라 말하는 잘못된 자산 평가야."

역에서 걸어서 10분 정도 거리에 있는 집은 지은 지 1년도 안 된 새집이라 그런지 주택가의 분위기에 완벽하게 녹아들지는 못하고 있었다.

"그리고 마지막 세 번째는……."

"선배, 어서 오세요! ……어? 오빠, 뭐하고 있는 거야?"

"내가 여기에 온 건 이즈미에게 초대를 받았기 때문이지, 너를 만나러 온 게 아니니까 오해하지 말라고!"

그리고 아까부터 현관 앞에서 하고 싶지도 않은 입씨름을 하고 있던 나는 타깃과 만나는 데 성공했다.

"토모야 군은 너무한 걸. 30분 전부터 여기서 스탠바이하고 있었던 나에게 그렇게까지 말하는 건 좀 너무하지 않아?"

"아니, 마중을 부탁한 적도 없는데다, 여기에 온다는 것조차 말한 적 없거든? 너한테는 말이야!"

하시마라고 적힌 문패를 확인한 내가 긴장한 표정으로 벨을 누르려고 한 순간, 갑자기 현관문이 열리더니 이 녀석이 얼굴을 내밀면서 앞머리카락을 쓸어 올렸다. 그때 내가 지었을 표정을 상상해줬으면 한다.

"선배, 미안해요. 제가 어제 무심코 가르쳐줬어요. 항상 휴일마다 여자애와 놀러 나가기 때문에 오늘도 집을 비울 거라고 생각했거든요……."

"이즈미는 아무 잘못 없어. 나쁜 건 오타쿠 주제에 휴일마다 데이트하면서 리얼충 오라를 뿜고 있는 이 녀석이야!"

"잠깐만, 나를 비난하는 이유가 좀 이상한 것 같은데?"

나를 마중 나온 두 사람 중, 하나도 반갑지 않은『오빠』쪽은 나와 같은 학년인 다른 학교 학생이다.

중학생 때부터 중학생답지 않은 커뮤니티 능력과 인맥을 구사해, 한 때는 코믹마켓의 셔터 앞 서클의 대표까지 올라갔던, 입만 산 동인 건달.

그리고 그 직함에 걸맞게 엄청 경박하고, 점잔 빼며 실실거리기 때문에 같은 남자들이 엄청 싫어하는 타입.

오료 고등학교 3학년 2반, 하시마 이오리.

"그럼 선배. 제 방으로 가요. ……오빠는 들어오지 마."

"홋……. 그럼 토모야 군. 느긋하게 있다 가."

현관 앞에서 머리카락을 쓸어 올리는 포즈를 취하고 있는 그는 여동생의 말을 듣더니 미소를 지으며 멀뚱히 서있었다.

……뭐, 이딴 녀석에 대한 설명 같은 건 아무래도 상관없

지만 말이다.

※　※　※

"정말, 선배는 너무 해요~! 집에 놀러오라고 말한 후로 1년이나 지났다고요~."

"아, 그게 말이야. 여자애 집에 놀러가는 건 오타쿠에게 있어 허들이 너무 높거든."

그렇다. 여자애의 방이다.

고등학교 1학년 여자애의 방인 것이다.

나에게 있어서는 적진이나 다름없는 장소다.

덥네~ 같은 변명을 하면서 창문을 열거나, 무심코 평소 버릇처럼 침대에 앉았다가 얼굴을 새빨갛게 붉히면서 부끄러워할지도 모르는 위험지대다.

뭐, 내가 그런 히로인 같은 행동을 취해봤자 징그럽기만 할 테니 안 할 거지만 말이다.

"그런데 선배. 뭐부터 할래요? 제 방에 있는 건 하나같이 웃고 울고 모에를 느낄 수 있는 당대 제일의 여성향 콘텐츠뿐인데…… 아, 맞아요! 역시 우리의 원점이자 도달점! 지난달에 발매된『리틀러브 랩소디3+』를……!"

"아~, 저기, 오늘은 게임을 하러 온 게 아닌데……."

"어~, 그런가요? 모처럼 공략이 가능한 추가 캐릭터가 두 명이나 늘었는데······."

하지만 이즈미의 이런 환대가, 나에게 여자애 방이라는 공간 안에서 버틸 힘을 줬다.

그렇다. 여기는 여자애 방이지만······ 오타쿠의 방이다!

선반에 줄지어 놓여 있는 여성향 만화와 여성향 게임, 애니메이션 DVD 그리고 벽에 가득 붙어 있는 리틀랩 계열 포스터들이, 나에게 「무서워하지 마.」하고 말하며 천사 같은 미소를 짓고 있었다.

정말 이즈미의 방은 내 방을 쏙 빼닮았네.

"뭐, 우선 음료수라도 마시면서 숨 좀 돌리세요. ······아, 유리잔 말인데 세실과 카츠히코 중 어느 쪽으로 할래요?"

"······카츠히코로 부탁해."

이즈미는 선반에 놓여 있던 리틀랩3 유리잔 세트 중에서 카츠히코와 미키야가 프린트된 잔을 꺼내더니, 거기에 페트병 주스를 따랐다.

음. 하는 짓도 나와 똑같네.

정말 아늑하기 그지없는 방이야······.

"고등학교 생활에는 익숙해졌어?"

"예! 역시 토요가사키는 좋은 학교네요~. 다들 친절하고, 오타쿠에 대한 편견도 없어요."

음료수와 과자를 먹으며 한숨 돌린 나는 다시 이즈미를

쳐다보았다.

오늘 그녀는 고양이 귀 후드가 달린 파카를 입고 있었다. 실내복다우면서 약간 오타쿠 느낌의 귀여운 옷이었다.

애니메이션의 설정이 원작에 역으로 유입된다고 하는 이 상적인 콜라보레이션…… 아니, 오타쿠에 대한 친절함이 넘쳐나는 복장으로, 바닥에 앉아 양손으로 쥔 유리 잔 안의 주스를 홀짝이고 있는 2차원적인 모습이 나를 더욱 편하게 해주고 있었다.

이 상황에서라면「실은 오늘은 부모님이 늦게 돌아오셔…….」같은 말을 들어도 차분하게 대처할 수 있을지도 모른다.

……뭐, 이즈미의 짜증나는 오빠가 집에 있다는 사실을 이미 알기에 이 비유는 아무런 의미도 없지만 말이다.

"실은 말이죠. 지망고교를 정할 때 꽤 고민했어요. 토요가 사키는 집안 형편이나 레벨 면에서 볼 때 조금 무리해야 되는 느낌이거든요……. 그래도 토요가사키에 들어가기 잘했다고 생각해요."

"그래. 그랬구나."

뭐, 내가 입학하고 2년 동안 멋대로 난리를 쳤는데도 아직 따돌림을 당하지 않는 것은 이 학교가 그 만큼 이해심이 깊…… 아니, 마음이 넓기 때문일지도 모른다.

3년 동안 내 담임이었던 카노 쌤도 그렇고, 야마시로 선생님도 그렇고, 정말 이용해먹기 쉽…… 말이 잘 통하는 선생님이다.

이렇게 좋은 고등학교에 들어왔으면서, 그 가면 오타쿠^{에리리}는
너무 겁을 집어먹었다니깐…….

"그리고 기왕 토요가사키에 들어왔으니까 뒤처지지 않도
록 노력해보려고요~. 그러니까 선배. 시험 전에는 공부도
가르쳐주세요."

"……그런 건 이미 뒤처지고 있는 선배^나가 아니라, 여전히
노력하고 있는 선배^{카토}에게 부탁하는 편이 좋을 거야."

"이, 이게…… 문외불출, 관계자 이외 극비인 『blessing
software』 세컨드 프로젝트 기획서!"

"아니, 그렇게 대단한 건 아냐."

"지, 진짜로 읽어봐도 되는 건가요……?"

"당연하잖아? 이즈미는 우리 서클의 메인 원화가잖아."

즐겁게 잡담을 나누다 보니, 그대로 최근의 오타쿠 업계
담화로 이어질 것 같았다. 이대로 있다간 이번 분기 애니메
이션 이야기만 하다 오늘 하루가 다 지나갈 것 같다는 위기
감을 느낀 나는 오늘의 본론에 들어가기 위해 서류 다발을
꺼내 이즈미에게 건넸다.

■동인 게임 기획서(제2판) 20XX/04 아키 토모야

"우선 한 번 훑어보고 의견을 말해줬으면 해."

내가 말을 끝내기도 전에, 이즈미는 서류를 넘겨보고 있었다.

그녀의 시선은 내가 아니라 문자만 적혀 있는 무미건조한 종이 다발에 고정되어 있었다.

"그리고 실은 이게 오늘의 본론인데……."

■스태프 :

기획 : blessing software

시나리오 : 아키 토모야

원화 : 하시마 이즈미

음악 : Mitchie

디렉터 : 아키 토모야, 카토 메구미

"이즈미도 같이 아이디어를 내줬으면 해."

제2판이기는 하지만, 4월에 썼다고 표기되어 있기는 하지만…….

초판에 비해 실제로 크게 변한 곳은 극히 일부뿐이었다.

"일러스트레이터로서의 네 의견을 듣고 싶어."

그것은 바로 『기획 : 아키 토모야』가 『기획 : blessing software』로 수정된 것이다.

무리를 할 때도 긍정적으로…….

뭔가와 싸울 때는 힘을 합쳐서…….

카토와 했던 그 맹세에 따라, 나는 서클의 방향성을 약간 바꿔봤다.

지금까지의 『blessing software』는 내 억지가 최우선시 되었다.

내가 하고 싶은 일을 멤버들에게 떠넘겼고, 나보다 훨씬 우수한 크리에이터들이 그것을 완성해준다고 하는 나에게 있어서는 이상적인, 남들이 보기에는 비정상적인 서클이었다.

그런 우리가 만든 게임은 그야말로 최고였다고 지금도 믿어 의심치 않지만, 여러모로 무리를 해야 했으며, 문제도 발생했다.

그것은 딱히 능력이 없는 내가, 나보다 훨씬 뛰어난 재능을 지닌 사람들을 억지로 끌고 갔기 때문에 그런 일이 벌어진 것이다.

그리고 그 점이 멤버들에게 스트레스가 되었고, 대표에게는 부담이 되었……던 걸지도 모른다.

"……만약 이 기획이 마음에 들지 않는다면 솔직하게 말해줘도 돼. 그럼 처음부터 기획을 다시 짜보자. 다 함께 말이야."

그러니 신생 『blessing software』는 『뭘 만들지 결정』하는 것부터 다 같이 하기로 했다.

내가 다른 이들을 끌고 갈 힘을 지니지 못했다면, 처음부터 다 같이 힘을 합쳐 이 서클을 끌고 나가면 된다.

물론 이 방법에도 문제점은 존재한다.

한 명이라도 열의와 능력이 없으면 그대로 좌절되고 마는 것이다.

오합지졸 집단이라면, 아무 것도 정하지 못한 채 기획과 서클이 붕괴되고 말 것이다.

"뭐, 그렇게 되면 스케줄이 더 빡빡해지겠지만 말이야."

하지만 내가 모은 이 멤버들은 장난이 아니다.

예전에도, 지금도 사람을 잘못 뽑았다고는 한 번도 생각한 적이 없다.

그러니 나는 예전보다 더 멤버들을 신뢰하고, 신임하며 의지할 것이다.

그리고 나 또한, 예전보다 더 멤버들에게 신뢰받고 신임받으며, 의지할 수 있는 존재가 되리라…….

"……토모야 선배."

"다 읽었어? 그럼 의견을……."

그리고 십여 분 후…….

몇 번이나 페이지를 왔다 갔다 하면서 뚫어져라 기획서를 읽던 이즈미는 한숨을 한 번 내쉬더니, 서류를 정리해서 내 눈앞에 됐다.

그리고 나를 진지한 표정으로 쳐다보면서 말했다.

"지금 바로 이 방에서 나가주지 않겠어요?"

"⋯⋯⋯뭐?"

※　※　※

"어라, 토모야 군? 이런 데서 뭘 하고 있는 거야? 혹시 이즈미와 좋은 분위기가 되어서 그대로 거사를 치르려고 하는데, 역시 3차원 상대로는 잘 안 되서 바로 도망친 거야~?"

"시끄러워⋯⋯."

고개를 푹 숙인 채 계단을 내려오는 나를 하시마 가의 거실에서 대환영(?)해준 이는 할 일이 없는지 녹화해뒀던 심야 애니메이션이나 보고 있던 이오리였다.

"그럴 때의 적당한 대처법을 가르쳐줄까? 우선 「미안해. 나는 너를 소중히 생각해. 그래서 너를 상처 입히는 게 무서워.」하고 심각한 표정으로 변명을 하면서⋯⋯."

"시끄럽다고⋯⋯."

그런 이오리의 친절한(?) 태도를 보며 무너질 것 같은 마음을 다시 세운 나는 퉁명스러운 표정을 지으며 이오리의 맞은편에 있는 소파에 몸을 맡겼다.

참고로 지금 화면에 나오고 있는 모 자전거 애니메이션에

서는 산악 리절트(result)를 둘러싸고 라이벌 관계인 두 3학년이 격전을 벌이고 있었다.

으음, 나는 후보 선수인 2학년들이 더 좋은데 말이야.

"흐음, 기획서를 보여줬구나."

"그런데 뭐가 마음에 안 든 건지 모르겠어……."

나는 거실에서 방금 탄 홍차를 마시면서 2층에 있는 이즈미의 방에서 있었던 일을 이오리에게 이야기했다.

아, 물론 상대가 끈질기게 캐물으니까 어쩔 수 없이 말해준 거야. 딱히 썩은 동아줄에라도 매달리는 심정으로 이 녀석과 상의하려 한 건 아니니까 오해하지 마.

"어이, 토모야 군. 괜찮으면 그 기획서, 나한테도 보여주지 않을래? 이즈미가 어이없어 할 만큼 골 때리는 망상이 얼마나 적혀 있는지 흥미가 생겼거든."

"헛소리는 작작 하라고."

그런 소리를 하면서도, 나는 아까 이즈미에게 보여줬던 종이 다발을 그녀의 오빠에게 『계획대로』 건넸다.

"혹시나 해서 말해두는 건데, 베끼지는 말라고."

"내가 베끼고 싶어질 만큼 재미있는 기획이라면 좋겠네."

"시끄러워."

하지만 이오리는 그런 내 자비심 넘치는 행동에 감동하는 건 고사하고, 가볍기 그지없는 태도로 기획서를 대충대충

훑어보기 시작했다.

　그런 이오리의 무례하기 그지없는 언동도 부처님처럼 차분한 마음으로 흘려 넘긴 나는 홍차에 설탕을 하염없이 집어넣었다.

　……이제 이오리가 기획서에 집중하는 사이, 서로의 홍차를 바꾸기만 하면 된다.

　"……흐음."

　"그래서, 어때?"

　역시 남매답다고 할까, 이오리가 기획서를 다 읽는 데 걸린 시간은 이즈미가 걸렸던 시간과 거의 같았다.

　"전작과는 방향성이 꽤 다르네."

　"원래 내가 만들고 싶었던 건 이쪽이야……. 뭐, 어디까지나 아직 기획 단계이니 바뀔지도 모르지만 말이야."

　"그래도 이건 시나리오라이터에게 가해지는 부담이 엄청나……. 진짜로 이걸 토모야 군 혼자서 쓸 생각이야? 카스미 우타코도 없는데?"

　"……그건 어떻게든 해볼 거야."

　"뭐, 일단 질은 따지지 않더라도, 양적으로만 봐도 상당한 볼륨일 것 같은데? 이걸 혼자 쓰겠다는 거야? 그것도 디렉터와 프로듀서를 겸임하고 있는 네가?"

　"…………어떻게든 해볼 거라고 아까 말했을 텐데?"

그리고 기획서를 다 읽은 이오리가 한 말은 짜증이 날 정도로 맞는 말이라서 뚜껑이 열릴 것만 같았다.

역시 작년까지 초거대 셔클 서클 『rouge en rouge』의 디렉터와 프로듀서를 겸임한 사람다웠다.

"그리고 캐릭터는 전작의 메인 히로인을 답습하는 거지? 하지만 카시와기 에리가 없는 상황에서 같은 캐릭터를 내놓는 건 후임 원화가에게 큰 부담이 되지 않을까?"

"아……."

그렇다. 내가 눈치채지 못한 문제점까지 순식간에 찾아내지적할 정도로 말이다…….

전작 『cherry blessing』의 메인 히로인인 카노 메구리를 또 메인으로 앉힌다는 것은 이 작품의…… 아니, 『blessing software』의 기본 콘셉트다.

애초에 이 서클의 설립 동기가 『딱히 눈에 띠지 않는 같은 반 여자아이를, 보는 이들의 가슴을 두근거리게 만드는 메인 히로인으로 만든다』인 것이다. 그러니 이 콘셉트를 바꿀 수는 없고, 그렇게 한다면 『blessing software』라는 이름으로 작품을 만드는 의미가 없다.

하지만 첫 작품인 『cherry blessing』에서 그 히로인과 설정과 카시와기 에리의 디자인이 강렬하게 맞물리고 말았다.

"혹시 이즈미는 에리리와 직접 비교당하는 게 싫은 걸

까……?"

"뭐, 그럴 가능성도 없지는 않아."

속편 혹은 다른 작품의 캐릭터를 답습한 신작은 원래 작품과 비교당할 수밖에 없는 운명을 짊어진다.

그리고 그런 작품은 전작을 압도적으로 상회하는 퀄리티를 지니지 않는 한, 『전작의 인기를 이용해 쉽게 돈 벌려고 하는, 프로 의식이 결여된 망작』이라는 소리를 듣는 경우가 많다.

스태프를 바꿔서 속편을 낼 때는 그런 점도 고려하라고.

어쩌면 막다른 골목으로 몰린 걸지도 모른다.

이 서클의 메인 히로인은 카노 메구리여야만 한다.

하지만 카노 메구리의 이미지는 카시와기 에리가 고안한 디자인으로 굳어지고 말았다.

그렇다면 이 서클의 원화가에게 필요한 자질은 그 압박감을 견뎌낼 정도의 멘탈, 혹은 카시와기 에리를 상회하는 능력…….

"하지만 아마 이즈미가 토모야 군을 쫓아낸 이유는 그런 게 아닐 거라고 생각해."

"뭐……?"

그런 심각한 문제를 제기한 당사자인 이오리는…….

"내 여동생을 얕보면 곤란한데 말이야……."

여전히 태연자약한 이오리는 완전히 식어버린 홍차를 느긋하게 마셨다.

"그게 무슨…… 푸웁?!"

그리고 덩달아 이오리와 마찬가지로 홍차를 마신 나는 치아가 녹아내릴 것 같은 단맛을 느낀 탓에 숨이 턱 막히고 말았다.

……이 녀석, 내가 고민하는 사이에 홍차를 바꿔치기했잖아.

"선배, 기다리게 해서 죄송해요~!"

"콜록, 콜록…… 어?"

내가 목을 틀어막은 설탕 덩어리 때문에 괴로워하고 있을 때, 2층에서 문이 활짝 열리는 소리와 함께 한 여자애의 텐션이 하늘을 찌르는 목소리가 들려왔다.

"선배! 계시죠?! 어? 안 계신가요~? 어디 가셨나요~?"

"이, 이쯔미……."

하지만 나는 대답을 할 수 있는 상태가 아니었기에, 비휴오우오오우오우오우휴오우오오우오우오우오우 같은 괴상한 소리를 낼 수밖에 없었다.

"아~, 토모야 군은 이즈미에게 쫓겨난 게 충격이었는데 풀이 잔뜩 죽은 채 돌아갔어."

"뭐어어어어~?! 오빠, 왜 잡지 않은 거야~?!"

……그로부터 5분 후, 나는 역을 향해 전력 질주를 하는

이즈미를 따라잡았다.

※　※　※

"이건, 어……?!"

다시 이즈미의 방에 들어간 순간…….

아까와는 전혀 다른 실내를 본 나는 그대로 말문이 막히고 말았다.

"으음~, 어디 됐더라…….."

아까까지만 해도 오타쿠 느낌이 물씬 나던 그 방에서는 바닥이 보이지 않을 만큼 수많은 종이들이 굴러다니고 있었다.

그 종이들은 찢어진 스케치북과 공책, 그리고 광고지의 뒷면 같은 것이었기에 통일감이 없었다.

"그래. 이것과, 이것과 이것과…… 아, 이거야."

하지만 발 디딜 곳도 없을 만큼 종이로 뒤덮여 있는 바닥 위를 잠시 동안 기어 다니던 이즈미는 그렇게 말하면서 몇 장의 종이를 주웠다.

"선배, 어때요? 어느 게 선배가 생각하는 메구리인가요?"

"이즈미……?"

이즈미가 내민 세 장의 종이에는 전부 여자애가 그려져 있었다.

"이건 카시와기 에리의 디자인에 가깝죠? 그리고 이건 제오리지널에 가까워요."

그 여자애들은 하나같이 헤어스타일과 표정, 그리고 얼굴 생김새마저도 달랐다.

"마지막 한 장은…… 메구미 씨에 가까운 느낌이라고나 할까요?"

"이건……."

하지만 전부 다 틀림없는 카노 메구리의 캐릭터 디자인이었다.

"이건 말이죠. 선배의 세 번째 샘플 텍스트에 맞춰봤어요……. 그거 있잖아요. 입으로는 상냥한 말을 하면서, 표정만으로 엄청 화내고 있는 거 말이에요."

아니, 그 세 장의 종이에 그려진 그림만이 아니었다.

바닥에 흩어져 있는 종이 한 장 한 장에는 전부 카노 메구리의 러프 스케치가 그려져 있었다.

그리고 전부 다 헤어스타일과 표정, 형태가 미세하게 달랐다.

"그리고 이건 일곱 번째 샘플 텍스트와 롱헤어를 합쳐본 느낌이에요. 쇼트와 포니도 그려봤지만, 역시 이 대사에 가장 어울리는 건 롱헤어 같아요."

아니, 그 정도가 아니다.

이 디자인들에는 엄연한 『변천사』가 존재했다.

그 사실을 증명하듯, 이 방안의 창가에서 문 쪽을 향해 올수록, 쇼트 헤어에서 롱헤어로 변화하고 있었다.

침대 머리 쪽에서 다리 쪽을 향해 갈수록, 미소에서 분노를 지나 흐느낌으로 변화하고 있었다.

그리고 대각선 방향으로는 터치 자체가 변화하고 있었다.

……이곳에는, 백 명의 카노 메구리가 틀림없이 존재했다.

"이, 이즈미, 이건……?"

"어, 어느 게 좋나요? 일단 이 세 장 안에서 골라줬으면 좋겠는데요……."

"아, 아니, 그것보다…… 괜찮겠어?"

"예? 뭐가요?"

"이 기획…… 맡아줄 거야?"

"예? 오늘 안에 메인 히로인의 캐릭터 디자인을 끝내야 하는 거 아니었어요?!"

"기획서에는 그런 스케줄 적혀 있지 않았거든?! 네가 이렇게 속도내면 내가 쫓아가지 못하거든?!"

그 후, 나와 이즈미는 한 동안 말이 통하지 않았다.

나는 이 기획을 맡아줄 수 있는지 없는지를 신경 쓰고 있었고, 이즈미는 어떤 방향의 히로인으로 어떤 방향의 이야기를 할 건지 그림으로 제안하고 있었다. 즉, 서로가 전혀 다른 방향을 쳐다보고 있었던 것이다.

"그러니까 선배. 메구리는 여성향 게임의 주인공이에요!"

"으음, 즉, 미소녀게임과는 시점이 정반대라는 거야?"

"여성향 게임의 시점에서 볼 때, 주인공인 여자애는 화면 밖에 있죠? 하지만 공략대상인 남자애들의 리액션을 보면서 가슴이 뛰거나 기뻐하거나 우울해 한다고요."

"아하, 그걸 실제로 화면에 표현한다고 생각한다면…… 그러고 보니 이즈미는 동인지에서도 주인공을 그리는 걸 좋아하지."

"예. 이건 저한테 딱 맞는 콘셉트예요! 아아, 메구리를 그리는 게 정말 재미있을…… 아, 선배! 잠깐만 기다려요! 방금 새로운 메구리가 떠올랐어요……. 금방 그릴 테니까 잠시만 기다려줘요!"

하지만 말이 통하기 시작한 순간, 이즈미의 독무대가 펼쳐졌다.

내 쓸데없는 우려를, 그녀는 재능과 긍정적인 성격으로 단숨에 뛰어넘은 것이다.

"뭐, 카시와기 에리…… 에리리 씨를 의식하지 않는다면 거짓말일 거예요."

"그 녀석의 그림은 일러스트레이터가 보기에 어때?"

"그 사람의 작품은 정말 무시무시해요……. 아무리 비슷하게 그리려고 해도 비슷해지지가 않고, 아무리 다르게 그리려고 해도 계속 영향을 받아요……. 정말 짜증난다니까요!"

"그건 최고의 칭찬이야? 아니면 최악의 욕설이야?"

이즈미는 에리리에게서 압박감을 느끼고 있었다.

하지만 뛰어넘기 위해 노력했고, 실제로도 뛰어넘으려 하고 있었다.

카시와기 에리의 압박감을 견뎌낼 멘탈과, 카시와기 에리를 능가하는 능력, 둘 다 손에 넣을 가능성이 있었다.

"그 대신 토모야 선배도 각오하세요."

"뭘 말이야?"

"저는 이런 식으로 멋대로 캐릭터를 보완해서 직접 스토리를 만드는 버릇이 있는 것 같아요……. 그래서 오빠한테도 자주 혼났어요."

"……오늘 내가 이즈미에게 부탁하려는 게 바로 그거야."

『내 여동생을 얕보면 곤란한데 말이야…….』

그 프로듀서의 자신만만한 혼잣말은, 아무래도 혈육에 대한 과대평가가 아닌 것 같았다…….

※　※　※

"이야, 5월이 다 되어 가는데도 이 시간에는 꽤 어둡네."

"그래."

결국 나는 밤 여덟 시가 지나서야 하시마 가에서 나왔다.

즉, 나와 이즈미는 여섯 시간 가량이나 회의를 한 것이다.

"그건 그렇고, 기획에 관한 이야기도 꽤 진도를 나가서 다행이야."

"도중에 두 시간 정도는 방치 당했지만 말이야."

"오늘은 그나마 양반이야. 내가 기획할 때는 다섯 시간 넘게 디자인 때문에 고민했다고. 아, 그 후에도 몇 번이나 방치 당했었지. 그러니까 토모야 군도 조심해."

"너, 알고 있었지? 이즈미가 고민 같은 건 전혀 하고 있지 않다는 걸 알면서도 나를 불안하게 만든 거지?!"

그리고 아쉬워하며 손을 흔드는 이즈미를 집에 남겨두고, 나는 이오리와 함께 역으로 향했다.

주택가 안의 생활도로는 차도, 사람도 보이지 않았다. 하지만 가로등 불빛과 달빛 덕분에 걷는데 지장이 없을 정도로 밝았다.

딱히 위험하지도 않은 길을 사이가 좋지 않은 남자 둘이

어슬렁거리고 있으니 거북하다고나 할까, 영 마음이 내키지 않았다.

게다가 상대가 미남이라는 것이 괜히 짜증이 났다.

하지만 오늘의 이 상황은 나에게도 필요한 것이기 때문에 어쩔 수가 없다.

"그런데 이오리……."

"응? 왜?"

"내 기획서를 어떻게 생각해?"

"이야, 2차원을 향한 토모야 군의 애처로운 망상이 잔뜩 담겨 있어서 오히려 감탄스러울 지경이었어. 특히 샘플 텍스트에서의 폭주는 정말……."

"전작을 뛰어넘을 수 있을 거라고 생각해?"

무심코 「우와아아아아아, 그만해 그만해 그만해, 그만해~!」 하고 울부짖으면서 달려들 뻔했지만, 나는 꾹 참았다. 그리고 억눌린 목소리로 질문을 던졌다.

"우선 제대로 완성할 수 있을지 없을지 부터 신경 쓰는 편이 좋을 것 같은 레벨이라고 생각하는데~"

"우와아아아아아, 그만해 그만해 그만해, 그만해~!"

하지만 동인 게임을 수천 장이나 팔아치운 솜씨 좋은 프로듀서의 대답에서는 눈곱만큼의 자비도 찾아볼 수 없었다.

"하지만 아까도 말했다시피, 네 기획은 시나리오라이터가 짊어져야 하는 부담이 너무 커. 진짜로 토모야 군 혼자서 쓸 생각인 거야?"

"뭐, 지금은 다른 선택지가 없어."

"그럼 어드바이스를 하나만 해도 될까?"

"뭔데?"

"시나리오를 쓰는 순서 말인데…… 우선 서브 히로인을 쓴 후에 메인 히로인을 쓰도록 해."

"이유가 뭐야? 어느 쪽을 먼저 하든 기간적으로는 변함이 없잖아?"

그리고 그가 한 충고는 기묘할 정도로 구체적이고, 세세했다.

"너는 이 메인 히로인에게 엄청 빠져 있지?"

"그게 뭐 어쨌다는 거야?"

"그러니 그녀의 루트를 쓸 때 전심전력을 다할 테고, 그 후에는 진이 빠져버릴 거야……. 쓰고 싶은 게 명확한 시나리오라이터일 수록 쉽게 빠지는 함정이지."

하지만 그 『세세한 부분』을 이야기하는 이오리는 마치 얼음 송곳을 내 심장에 꽂을 것 같이 진지하기 그지없었다.

"하, 하지만 말이야……. 그 『쓰고 싶은 루트』만으로 전설이 된 게임도 있잖아?"

"프로듀서라면 『전설』을 예시로 삼아선 안 돼, 토모야 군. 『예상 밖』을 예시로 삼아선 안 되는 거야."

"으윽……."

"전설이라는 건 어디까지나 결과론이야. 뭐, 크리에이터는 믿어도 괜찮겠지만…… 그렇게 김칫국부터 마시며 큰소리를 쳤지만 결국 호평을 받지 못해서 「내 작품이 안 팔린 건 전부 이 세상 탓이야.」 같은 소리를 인터넷에서 하다, 결국 완전히 묻히고 만 크리에이터는 셀 수도 없을 만큼……."

"우와아아아아아 그만해 그만해 그만해, 그만해~!"

대체 어디서 그 이야기를 들은 건지 물어보고 싶을 만큼 생생한 이야기였다. 더 들었다간 진짜로 괴로울 것 같을 정도로 말이다.

"뭐, 모든 캐릭터의 퀄리티를 조율하게 위해 납기 기한을 늘리는 방법도 있지만……. 그래도 각오해둬. 오타쿠 콘텐츠의 유통기한은 짧아. 상당한 거물이 아닌 한 말이야. 라이트노벨은 다음 권이 나올 때까지 길어야 반 년, 애니메이션이라면 2년이야. 그리고 게임 또한 시리즈물이라면 1년에 하나 정도 내지 않는 한 잊히고 말지. ……라고 어디 사는 이쪽 업계 거물이 말했어."

"즉, 우리는 1년에 한 작품…… 올해 안에 내야 한다는 거네."

이오리가 방금 한 말은 나뿐만이 아니라 전 방면에 싸움을 거는 소리처럼 들리기도 했지만…….

"그래. 네가 짠 스케줄대로 되어야 한다는 거지. ……특히 『blessing software』는 전작의 평판 덕분에 부스트가 걸려 있어. 그런 최고의 판매시기를 놓치면 두 번 다시 전작을 이기지 못할 걸?"

그래도 거의 아마추어나 마찬가지인 나에게조차 이렇게 따끔하게 들리는 걸 보면, 이 대량의 화살이 결과적으로 수많은 표적에 정확하게 꽂혔을 거라는 건 충분히 상상이 되었다.

"시간이 지나면 전작은 『전설』이 되어, 다음 작의 『족쇄』로 변해갈 거야……. 『blessing software』에게 이기기 위해, 『blessing software』라는 간판을 버려야 할지도 몰라."

"너, 생각했던 것보다 훨씬 더 엄격하게 생각하고 있구나……."

"당연하지, 나는 크리에이터로서의 재능이 눈곱만큼도 없는데도 오타쿠 업계에서 성공할 작정이라고. 이 정도는 해야 꿀물 좀 빨아먹을 수 있을 거 아냐."

"……게다가 비열하기 그지없네!"

"나는 편하게 돈을 벌기 위해서라면 노력을 아끼지 않거든."

"그건 또 무슨 소리야……."

이 녀석의 주장이 미묘하게 모순되고 있는 느낌도 들었지만…….

그래도 이오리의, 아마도 진심어린 충고를 가슴에 새겨두기로 했다.

그리고 나에게는 이 서클의 새로운 형태가 보이기 시작했다.

나를 대신해 프로듀서&디렉터를 맡을 사람은 이 녀석밖에 없다…….

제5장

그리고 똥개는 친구에게 도전하지 않는다

"으음~, 으음……."

본격적인 골든위크가 시작된 5월 초의 어느 날.

세간이 들떠있는 이 시기에, 나는 당초의 예정대로 아침부터 방에 틀어박혀 모니터와 눈싸움을 하고 있었다.

그렇지만 작년까지처럼 오타쿠 혹은 은둔형 외톨이 같은 이유로 그런 행동을 하고 있는 것은 아니다.

설령 작년까지처럼 하는 짓이 완전히 똑같을지라도 지금의 나에게는 꿈이 있다. 이뤄야만 하는 목표가 있는 것이다……

"카와무라 스파이더 키라리……는 이미 써먹었지. 그럼 스기우치 메신저 마츠리라는 건…… 지금 문제는 그게 아니지."

……그렇다. 설령 혼잣말의 내용이 여러모로 좀 그렇다고 해도, 나는 현재 진지하다. 뜨거운 목표의식을 가지고 있단 말이다!

"일단 이름은 나중에 정하기로 하고, 스토리 플롯을 짜자……."

그런 고로 나는 일단 이름 짓기 배틀……이 아니라 고도의 숭고한 고찰을 포기한 후, 다른 파일을 열었다.

『시원찮은 그녀를 위한 육성방법-캐릭터 설정』 대신, 『시원찮은 그녀를 위한 육성방법-스토리 플롯』이라는 파일을 말이다.

『우선 서브 히로인을 쓴 후에 메인 히로인을 쓰도록 해.』

며칠 전, 전직 유명 서클 대표의 조언에 따라 메인 히로인의 플롯 작업을 일시적으로 중단한 나는 서브 히로인 파트를 작업하고 있었다.

"역시 금발 트윈 테일과 흑발 롱헤어가 너무 나오나……. 좀 더 색다르면서, 그 만큼 인기가 있을 만한 속성은 없을까……."

……그건 상당한 난산(難産)이었다.

오늘 아침 일찍부터 작업에 착수했지만, 몇 번이나 작업을 중단한 후 『캐릭터 설정』이나 『스토리 플롯』 파일을 오갔다.

그리고 그 안에서도 『서브 히로인 1』에서 『서브 히로인 4』까지를 오가기도 했던 것이다…….

이유는 알고 있다.

생각난 아이디어를 『아깝다』고 느끼고 있기 때문이다.

아무한테나 적용해도 괜찮을 만큼 범용적인 설정과 스토리인데도, 「이건 재미있을 것 같으니 메구리 루트에 넣고 싶다」는 생각이 들면서 계속 작업이 중단됐다.

"아니, 그냥 써버려…… 아끼지 말라고."

이 갈등과 이미 몇 번이나 싸우고 있었다.

하지만 이렇게 고민을 하다 보니 이해가 되었다……. 이오리가 말하고 싶었던 게 이것이라는 사실을 말이다.

"빨리 이쪽을 끝내고 메구리와 러브러브…… 아니, 메구리의 플롯을 쓰는 거야!"

지금 머릿속에 떠오르는 『쓸 만한 아이디어』를 메구리 이외의 히로인에게 쓰면, 메구리를 위해 더 엄청난 시추에이션을 준비해주자는 모티베이션이 생길 것이다.

그리고 서브 히로인에게 견실한 아이디어를 준비해줘서, 일정 퀄리티를 유지할 수 있으리라.

이런 수법을 사용하면, 결코 「아, 여기서 에너지가 다 떨어졌구나.」라든가 「이 히로인, 필요 없지 않아?」 라든가 「아무리 머릿수 채우려고 넣은 거라도 좀 심하네.」라든가 「메인 라이터와 서브 라이터가 쓴 파트의 완성도 차이가 너무 나.」라든가 「누가 죄인이냐! 대체 도망친 건 메인이야, 서브야?」라든가 「그 시나리오라이터, 또 도망쳤나 보네……. 이 업계에서 그쪽으로 유명하지.」라든가 「아니, 이건 전부 회사 내부의 무능한 디렉터 잘못이야! 여론 조작 좀 작작하라고.」 같은 소리가 나오지는 않을 것이다. 아, 후반부는 약간 방향성이 다른 것 같은 느낌이 들지만 말이다.

"……아."

내가 어떤 업계의 과거와 미래에 관해 생각하고 있을 때 (플롯 작업은 안 하는 거냐), 책상 위에 놓여 있던 스마트폰이 진동음을 내기 시작했다.

『안녕, 토모야.』

"그래. 무슨 일이야?"

『에리리』라고 표시된 스마트폰의 화면을 슬라이드시키자, 요즘 들어 매일 같이 교실에서 들어서 익숙해진 소꿉친구의 목소리가 들렸다.

『저기…… 메구미, 있어?』

"카토에게 볼일이 있으면 그 녀석에게 바로 전화를 걸면 되잖아."

『아~, 으음, 그게 아니라…… 없으면 스카이프#로 통화하지 않을래?』

"뭐, 딱히 상관은 없는데……."

처음에는 위축된 것 같던 목소리가 아주 약간 누그러지더

#1 스카이프 컴퓨터를 이용한 무료 영상 통화 프로그램.

니, 이번에는 내 눈앞에 있는 PC에서 시끌벅적한 호출음이 흘러나왔다.

『안녕~.』

"……얼굴이 엄청 안 좋네."

『서른 시간 가까이 안 잤거든…….』

"잠 안 잔 거 자랑하지 마. 갈 데까지 간 업계인 같다고."

그리고 내가 PC화면에 표시된 착신 버튼을 누르자, 눈 밑에 진한 다크서클이 생겼고, 머리카락이 퍼석퍼석해 보이는 녹색 체육복 차림의 에리리가 화면에 표시됐다.

……항상 하는 생각이지만, 학교에 있을 때와는 하늘과 땅 차이네.

뭐, 나는 이쪽이 더 익숙하지만 말이야.

『저기 토모야. 네 뒤쪽 좀 보게 잠시 옆으로 비켜봐.』

"뭐? 무슨 소리를……."

『침대에도 없어……. 진짜로 혼자인가 보네.』

"침대에 있으면 뭘 어쩔 건데?!"

그리고 19금 동인 작가다운 비열함 또한 건재했다.

"너, 아직도 카토와 화해하지 않은 거야?"

『그게…….』

휴일 오전에 연락을 해온 소꿉친구가 가장 먼저 입에 담은 화제는 우리 둘 모두의 친구에 대한 이야기였다.

"빨리 화해하지 않으면, 더 꼬일지도 모른다고."

뭐, 상투적인 인사치레 대신 이 이야기부터 꺼내는 걸 보면, 카토의 캐릭터성이 확립된 거니 매우 기뻐할 일……도 아니지만 말이다.

『저기, 토모야. 네가 중재를…….』

"싫어. 화난 카토는 무섭단 말이야."

『맞아. 화난 카토는…… 무서워.』

그리고 요즘 들어 알게 된 것이 있다.

캐릭터가 부각되는 카토는 위험하다……는 점이다.

"평소에는 캐릭터가 약한데, 화가 나면 갑자기 존재감이 강해진다고나 할까, 그 녀석의 침묵은 폭풍전야 같은 느낌이라고나 할까……."

『응. 나도 알아. 메구미는 멍할 때와 조용할 때가 아주 약간 다른 것 같지만, 실은 치명적일 정도로 차이가 난다니깐.』

"무엇보다 문제인 건 그 녀석과 전쟁이 벌어지는 건 거의 전면적으로 내가 잘못했을 때라는 거야."

『윽…….』

모니터 너머에 있는 에리리는 그 말을 듣고 고개를 푹 숙였다.

아마 내 체험에서 우러나온 말이 그 녀석의 정곡을 정확하게 찌른 것이리라.

"그 녀석은 본질적으로 좋은 녀석이거든."

『……알아.』

뭐, 나의 무모하기 그지없는 서클 활동에 어울려주고 있는 점만 봐도 그건 명확하지만 말이다.

"천사나 여신 정도는 아니지만, 간호사랄까, 급식 아주머니 같은 오라가 느껴진다고나 할까……."

『……네가 든 비유는 좀 미묘한 것 같지만, 하고 싶은 말이 뭔지는 알 것 같아.』

하지만 그 녀석이 우리 서클을 얼마나 아끼는지, 그리고 동료들을 어떻게 생각하고 있는지 알게 되면서, 서클에 대한 그녀의 애정을 내가 과소평가하고 있었다는 사실을 깨달았다.

그리고 나는 보고 말았다. 마음이 북받쳐 흘러나온 순간 카토가 지은, 그 표정을…….

"그러니까 절대 절교하지 마. 그랬다간 서로가 불행해질 거라고."

『하고 싶지 않아……. 고등학교에 들어와서 처음으로 생긴 절친이란 말이야.』

지금의 우리는 카토 메구미라는 여자애가 그 무엇과도 바꿀 수 없는 가치를 지니고 있다는 사실을 알고 있다.

그렇기 때문에 잃고 싶지 않고, 서로가 잃게 되는 것 또한 싫었다.

"그렇다면 진지하게 이야기를 해본 후, 화해하도록 해. 자기 힘으로 말이야."

『알아……. 알지만…….』

"적어도 나는 그렇게 했어. 나는 진심을 다해 사과한 후, 용서를 받았다고."

『토모야…….』

하지만 친구를 향한 그 녀석의 마음은, 진짜배기다.

다른 누군가가 끼어들어 어찌할 수 있을 만큼 불순하지 않다.

"내가 해냈는데, 네가 못할 리가 없잖아."

그러니 아무리 귀찮더라도, 직접 어떻게 할 수밖에 없다.

『하지만 우리가 화해하기 힘든 건, 미묘하게 너 탓이기도 한데…….』

"싫어. 그렇게 미묘한 관계인 너희를 중재하는 건 결단코 싫다고!"

※　※　※

『그래서 말이야! 내 말 좀 들어봐, 토모야! 카스미가오카 우타하가…… 카스미가오카 우타하가~!』

"아~, 그래. 알았어."

『뭘 알았다는 거야! 토모야 너, 그 여자가 얼마나 껌 딱지처럼 끈질긴지 전혀 모른다구!』

그 후…….

우는 소리를 한 덕분인지 조금 마음이 편해진 에리리는 그 뒤로 더욱 과장스럽게 우는 소리를 해대기 시작했다.

『캐릭터가 마흔 명이나 되거든?! 그 중에서 메인 급이 열두 명이나 돼!』

"오~, 엄청나네."

『그런데 그게 전부가 아니라는 소리를 태연하게 했다구! 내 아이디어 서랍은 텅텅 비었는데!』

"하지만 그건 우타하 선배의 아이디어 서랍과 승부하는 거나 마찬가지지? 너, 패배를 인정할 거야?"

『그쪽은 텍스트! 이쪽은 디자인! 캐릭터 한 명에 쏟아 부어야 하는 에너지와 아이디어의 양이 하늘과 땅만큼 차이 난단 말이야!』

"그건 일러스트레이터의 주장이지, 시나리오라이터의 주장은 아니지? 역시 양쪽의 주장을 다 들어보지 않으면 어느 쪽 말이 맞는지 판단을 못 내릴 것 같아~."

『아~, 정말! 느닷없이 즉흥적으로 신 캐릭터를 내놓는 시나리오라이터는 전부 이 세상에서 사라져버리면 좋을 텐데~!』

이번에는 평소처럼 에리리의 숙적에 대한 원망을 늘어놓기 시작했다.

두 사람의 관계는 동인에서의 콤비에서, 상업에서의 비즈니스 파트너로 변했다.

주위에서 보면 완벽한 명콤비겠지만, 곁에서 보면 여전히 얼간이 용과 독설 호랑이였다.

『게다가, 게다가…… 카스미가오카만이라면 몰라도 그 여자가…… 아, 으음…….』

"그 여자라면, 코사카 아카네?"

『……미안해.』

"괜찮아. 계속해."

『하지만…….』

"나는 아까부터 엄청난 기밀정보를 잔뜩 들어서 날아갈 것 같은 기분이라고."

『……딴 데서 누설하면 용서 안 할 거야.』

"지금 누설하고 있는 녀석이 그런 소리를 할 자격이 있을까?"

그리고 이 익숙한 원망에 아주 약간의 이물질이 섞인 순간…….

나나 에리리나, 생선뼈가 목에 걸린 것처럼 쓰디쓴 표정을 지었다.

『실은 코사카 아카네가 도발을 하고 있어 ……「질도, 양도 부족하네~.」 하면서 말이야…….』

"에리리한테?"

『아니, 카스미가오카 우타하한테.』

"우와아……."

『그 여자는 자존심은 강하지만 커뮤니케이션 장애잖아?

그래서 도발을 들으면 메두사처럼 검은 머리카락을 부들부들 떨면서도 그 자리에서는 한 마디도 말대꾸를 못 해. 그리고 캐릭터를 늘려서 나한테 화풀이를 해댄다구! 완전 고래 싸움에 새우등 터지고 있다니깐!』

"아니, 우타하 선배는 그저 분발할 뿐인 것 같은데?"

하지만 에리리는 곧 평소 모습으로 되돌아왔다.

……아니, 내가 억지로라도 되돌아가게 만들었다.

왜냐면 에리리는 이 편이 낫기 때문이다.

얼간이에, 네거티브하고, 불합리한 편이 낫다.

『그럼 일러스트레이터가 아니라 기획자와 싸우란 말이야! 기획자 말대로 늘리지 말고, 줄일 노력을 하라구! 캐릭터가 늘어날 때마다 코스트가 얼마나 더 드는지 알기나 하냔 말이야!』

"아니, 캐릭터의 숫자는 기획자가 정하는 거잖아? 그리고 코사카 아카네가 시키는 대로 하고 있는 거니, 우타하 선배한테는 잘못이 없는 것 같은데?"

『아~, 정말! 끝도 없이 기획의 규모를 키우기만 하는 디렉터 따위는 전부 이 세상에서 사라져버리면 좋을 텐데~!』

나는 그리움과 즐거움을 동시에 느꼈다.

몇 개월 전까지는 매일같이 찾아오던 일상이지만…….

지금은 돌이킬 수 없는 일상이 되었기에…….

이렇게 때때로 되돌아오는 이 일상이, 참을 수 없을 만큼 좋았다.

※ ※ ※

"그러니까, 이즈미는 정말 대단하다고! 겨우 두 시간 만에 백 장이나 되는 디자인 러프를 그렸다니깐? 그것도 겨우 한 캐릭터의 다른 버전을 말이야!"

『……흐음~.』

"역시 내 눈은 틀리지 않았어. 그 애는 천재야……. 그리고 엄청난 기세로 성장하고 있어."

『……흐으으으음~.』

"……왜 그렇게 노골적으로 불만 섞인 표정과 목소리를 내는 거야?"

『……너, 알면서 그러는 거잖아.』

"……뭐, 그렇긴 해~."

『이익…….』

"너는 이즈미에게 추월당하는 걸 무서워했었지~?"

『으, 으~, 으으으으으~…….』

이런 식으로 내 한심한 도발에 간단히 걸려드는 에리리도, 좋다.

"뭐야. 프로가 된 지금도 무서운 거야?"

『그야…… 딱히 프로가 됐다고 해서 갑자기 성장하는 건 아니잖아.』

이렇게 잘 삐치고 사사건건 달려들며, 금방 패배하고 마는 점도 에리리의 진면목이다.

"인마. 너도 최근 몇 달 동안 엄청나게 성장했잖아……. 그림 쪽은 말이야."

『저, 정말? 진짜로 그렇게 생각해?』

"당연하지. 너는 코사카 아카네에게 스카우트됐잖아. 좀 더 자부심을 가져. 그런다고 천벌을 받지는 않을걸?"

『그, 그럼 그 애 그림보다 내 그림이 더 엄청나?』

"아~ 나는 서클 대표이기 때문에, 우리 멤버인 이즈미의 패배를 인정할 수는 없사옵니다~."

『으~, 으~, 으으으으으~.』

"너는 정말 성가신 녀석이라니깐!"

……뭐, 그래도 이 소인배 기질은 심각한 수준이라고 생각하지만 말이다.

※　※　※

"그럼…… 나는 슬슬 신작의 플롯 작업을 다시 시작해야겠어."

『아, 응……. 나도 슬슬 다시 시작할래.』

"네 마감은 언제야?"

『연휴 다음날 아침.』

"메인 12명의 캐릭터 디자인이?"

『아니. 서브까지 포함해 총 40명이야.』

"······상업 RPG에서 그 스케줄은 너무 빡빡한 거 아냐?"

『맞아! 코사카 아카네라는 여자, 진짜로 정신이 나갔다니 깐! 올해 안에 발매하겠다지를 않나! 보통 이런 대작 RPG는 2, 3년 동안 시간을 들여 만드는 게 상식이잖아? 그런데 「시 간을 들인 만큼 좋은 작품이 나온다는 바보 같은 생각은 하 지 마.」 같은 소리를 하더라구. 진짜 바보는 그 여자라니깐~.』

"아~, 그 이야기는 일 끝나고 난 뒤에 해~. ······그럼 끊을 게."

『저, 저기, 토모야.』

"응~?"

『또 전화해도 돼?』

"괜찮기는 한데, 마감 직전에는 안 받을 거야."

『······그리고, 학교에서 말 걸어도 돼?』

"······바로 옆자리인 녀석들끼리 이야기를 나누지 않는 게 오히려 부자연스러울걸?"

『그, 그렇지? 그렇지?!』

"그럼, 진짜로 끊는다."

『응······ 힘내.』

결국 에리리는 마지막까지 소인배 기질을 마구 드러낸 후,

화면에서 사라졌다.

정말 서클을 관둘 때의 그 소동이라든가, 프로가 됐을 때 쳤던 허세 같은 건 대체 뭐였냐는 생각이 들 만큼 도로 아미타불이 되었다.

뭐, 그런 점 또한 사와무라 스펜서 에리리의 일면일지도 모른다.

게다가 도로 아미타불이 된 건 나도 마찬가지다.

왜냐면, 나는 지금도 이 녀석을 원망하고 있다.

그리고 앞으로도, 계속 저 녀석에게 얽매이리라.

제6장

서브라이터가 메인으로 승격된 두 번째 작품은 보통(이하생략)

"그런데 토모야 군. 이게 대체 어떻게 된 거지?"

"뭐, 지금까지 험담만 해대던 상대에게 이런 부탁을 하는 건 낯짝이 두꺼운 짓일지도 몰라……."

그리고 골든위크가 이틀 정도 남은, 5월 초순의 어느 날.

축제가 끝을 향해 달려가고 있는데도 여전히 세간이 들떠 있는 그 날, 평소와 마찬가지로 통나무집 느낌이 나는 카페의 평소와 다른 지점에서, 나는 한 남자와 얼굴을 마주하고 있었다.

"이야기를 시작하기 전에 우선 사과부터 하라면 사과할게. 무릎을 꿇고 용서를 빌라면 기쁜 마음으로 하겠어. 아, 내 걱정은 하지 마. 성의만 담겨 있지 않다면 어떤 식으로 사과를 하던 내 마음은 눈곱만큼도 아프지 않을 테니까 말이야."

"아니, 네가 그렇게 될 대로 되라는 식으로 사과를 하면

나도 짜증만 날 것 같으니까 됐어. 그보다 내가 알고 싶은 건……."

극히 최근에 복선을 깔아뒀으니 이미 눈치챘을 거라고 생각하지만, 이 남자는 바로 하시마 이오리다.

여전히 경박하기 그지없는 모습…… 아, 부탁을 할 상대에게 이런 야유에 가까운 표현을 쓰는 건 무례할 테니…… 이야~, 패셔너블하면서도 청결감 넘치는 오라를 뿜고 있어서, 남자도 반할 것 같아~ 아, 이렇게 억지로 띄워주는 것도 실례이려나?

아무튼 이오리는 약간 의외인 듯 아니, 의혹으로 가득 찬 표정을 지은 채 자신을 향해 고개를 푹 숙이고 있는 나를 내려다보고 있었다.

"……애인을 옆에 끼고 나타난 걸로 모자라 얼굴까지 핼쑥해진 상태라고 하는, 이상한 의심하기 딱 좋은 상황에 나를 휘말리게 해놓고 무슨 소리를 하는 건지 묻는 건데 말이야."

"아~, 저는 신경 쓰지 않아도 돼요. 참, 일단 자기소개를 해둘게요. 아키 군이 만든 서클의 멤버인 카토 메구미에요."

"아, 그건 알고 있는데……."

……아니, 이오리의 의혹에 찬 시선은 나를 향하고 있지 않은 것 같았다.

"아, 카토는 신경 쓰지 마. 우리 대화에 참가하지 않을 거야. 때때~로 엄청 크리티컬한 태클을 걸기는 하겠지만 말이야."

"아니, 방금 그 말의 후반부가 꽤나 신경 쓰이는데……."

그렇다. 내 오른편, 복도 쪽 자리에서 언제든 몰래 자리를 비울 수 있는 위치를 지킨 채 스마트폰을 만지작거리고 있는 이는 『blessing software』의 서클 부대표다.

"오늘은 앞으로의 서클 방침과 관련된 중요한 이야기를 할 거라서 데리고 왔어. 그 뿐이야……. 그리고 내가 핼쑥해진 건 다음 작품의 플롯을 밤을 새가면서 만들다 왔기 때문이니까 오해하지 마."

"아~, 진짜로 그게 다예요. 그러니까 저는 신경 쓰지 말고 이야기 나누세요."

"그, 그렇구나……."

뭐, 실은 그 외에도 어젯밤에 전화로…….

『그러니까, 왜 아키 군은 서클의 중대사를 멤버들과 상의하지도 않고 혼자 결정해버리는 거야?』

『아니, 그래서 이렇게 전화로 상의하려고…….』

『너무 늦었다구. 이미 상대와 만날 약속을 했다면서? 이미 서클의 방향을 그쪽으로 잡은 거잖아?』

『그, 그럼…… 카토는 이 방침에 반대하는 거야?』

『그런 게 아냐. 그런 뜻으로 하는 말이 아니라구.』

『우왓…….』

이런 내용의 설교를 몇 시간 동안 들은 것도, 내 얼굴이 핼쑥해진 원인 중 하나지만, 일단 그 일은 언급하지 말자.

"아무튼 본론에 들어갈게…… . 이오리, 이걸 봐줘."

"이건…… ."

더는 카토에 대해 언급하는 것을 피하며 본론에 들어갈 수 있도록, 나는 가방에서 오늘 아침에 프린트한 종이 다발을 꺼내 테이블 위에 놓았다.

■동인 게임 기획서(제3판) 20XX/05 아키 토모야

"좀 전에 완성된…… 우리가 만들 다음 작품의 기획서야."

"……이거라면 얼마 전에 보여줬잖아?"

"네가 지난번에 본 제2판과는 두께가 다르지?"

"…… ."

이오리가 종이 다발을 들자, 가장자리 부분이 축 처졌다.

그럴 만도 했다. 오늘 아침, 프린트 도중에 용지가 다 떨어진 바람에, 허둥지둥 문도 열지 않은 문구점 앞에 줄서서 기다려야만 했던 초대작이다.

"모든 히로인의 설정과 스토리 플롯까지 추가했어. 이걸로 게임의 전체적인 스토리 라인은 정해졌어."

"흐음…… ."

"이걸 보면, 서브 히로인 쪽도 대충 쓰지 않았다는 걸 알

수 있을 거야."

이오리는 그 두꺼운 종이 다발의 클립을 빼더니, 테이블 위에 놓았다.

그리고 내가 방금 말한 페이지…….

새롭게 추가된 『■스토리 플롯(히로인 개별 루트):』부터 읽기 시작했다.

"시스템과 관련된 부분은 아직 허술하지만, 스토리 플롯은 이걸로 최종상태야. 시나리오와 캐릭터 디자인 작업에 들어갈 수 있을 수준은 된다고 자부해."

……아니, 이제 슬슬 그 두 작업을 시작하지 않으면 겨울 코믹마켓에서 배포하는 게 위험해지니 자랑스러워할 수도 없지만 말이다.

전체적인 구상이 너무 커졌어……. 이 기획, 진짜로 괜찮을까?

"그래서…… 왜 이걸 나한테 보여주는 거지? 토모야 군?"

이오리는 동인치고는, 아니 동인이기에 약간 무모한 기획서를 읽으면서 내 얼굴을 쳐다보지도 않은 채 질문을 던졌다.

……이제부터 자신에게 닥쳐올 재난의 규모를 아는 걸까, 모르는 걸까.

"네가 이 기획을 매니지먼트 해줬으면 해."

"…………흐음."

페이지를 넘기던 손을 멈춘 이오리는 나를 다시 쳐다보았다.

"네가 『rouge en rouge』를 관둔 후, 아직 아무 서클에도 들어가지 않았다는 건 알아."

"뭐, 한 동안은 느긋하게 보낼 생각이거든."

"그래도 슬슬 전선(前線)에 복귀해도 되지 않을까? 오타쿠 콘텐츠의 유통기한은 짧다면서? 상당한 거물이 아닌 한 말이야."

그리고 내 미묘한 도발에 걸려들지 않은 이오리는 값을 매기려는 눈길로 나를 지그시 쳐다보았다.

"토모야 군. 너는……."

"응?"

아니, 실제로 값을 매기고 있을 것이다.

"프로듀서&디렉터를 관둘 생각이야?"

"……나는 다음 작품에서 기획과 시나리오라이터에 전념할 거야."

내, 각오의 값을 말이다.

전부터 생각했었다…….

에리리가 빠지고, 우타하 선배가 빠졌기에, 우리 서클의 전력은 크게 다운되었다.

그 중에서 가장 다운된 것은 시나리오 파트다.

다행히 원화 쪽은 이즈미가 에리리의 구멍을 메워줬다.

하지만 현재 우타하 선배의 구멍을 메울 수 있는 사람은 나뿐이다.

……으음, 이 표현은 어디 사는 암흑 에로조크 작가가 악용할 것 같으니 수정을 하겠다. 즉, 우타하 선배의 후임은 시나리오라이터로서 아직 햇병아리인데다, 게임의 프로모션과 밴드 프로모션 때문에 바빠 죽는 나뿐인 것이다.

하지만 이 문제를 해결할 수단으로서 생각해낸 플랜이 바로 이 세 개(복수 선택 가능……이라기보다, 전부 선택 필수).

一. 내가 시나리오라이터로서 더욱 성장한다.

二. 그러기 위해 시나리오에 할애할 시간을 더욱 늘린다.

三. 그렇게 했는데도 시나리오의 퀄리티가 전작을 따라잡지 못했을 때는 전작 이상의 프로모션으로 커버한다.

"1번은 내가 어떻게 할 수밖에 없지만, 2번과 3번은 네가 어떻게 해줬으면 좋겠어."

"……정말 괜찮겠어? 『blessing software』는 네 서클이잖아?"

"그렇기 때문에 내가 목표로 삼는 최고의 게임을 만들고 싶어!"

"…………."

카페 안에서 내기에는 약간 큰 목소리를 내고 말았다.

하지만 이오리는 여전히 영문 모를 표정을 지은 채 큰 목소리를 낸 나를 쳐다보고 있었다.

참고로 옆에 있는 카토는 처절한 콤보를 날리고 있는 중인 것 같았다. 어느새 레벨이 꽤 올랐구나…….

"그럴 수만 있다면 대표라는 직함도 필요 없어. 금전 문제와 책임만 나한테 떠넘기고, 네가 전적으로 전면에 나서도 돼."

"하지만 단순한 시나리오라이터라면 재미를 볼 수 없을 텐데? 이벤트 때 코스프레 스페이스에 가서 좀 귀여운 여자애에게 명함을 주며『너, 우리 서클에서 코스프레 점원 하지 않을래?』같은 소리로 교묘하게 꼬실 수도 없을 거야."

"나는 그런 짓 한 적 없거든?! 그리고 그런 짓 할 수 있는 권한이 있어도 안 할 거야!"

뭐, 옆에 있는 카토는 전혀 반응을 보이지 않으니 변명을 할 필요도 없겠지만 그래도 그런 짓 한 적 없어. 그리고 그런 권한을 가지게 되도 안 할 거라고.

"나는 전력을 다해 우타하 선배와 싸우고 싶어……."

사실 도우미 시나리오라이터를 찾아서(혹은 이오리에게 소개해달라고 해서), 프로듀서와 디렉터를 계속한다는 선택지도 존재한다.

하지만 지금의 나는 그런 수단을 선택할 수 없다.

『나 말이야……. 아키 토모야의 작품이 보고 싶어…….』

『그 누구에게도 의지하지 않고, 누구에게도 어리광을 부리지 않으며, 네 모든 것을 다해 만든 작품이, 보고 싶었어.』

우타하 선배의 기대에 부응하기 위해서는…….

카스미 우타코에게 싸움을 걸기 위해서는…….

내 모든 것을, 작품에 바칠 수밖에 없다.

"그리고 나 혼자 다 끌어안으려고 했다간, 카토에게 혼나거든."

나는 쓴웃음을 지으면서 아까부터 계속 소셜 게임에 빠져 있던 카토를 쳐다보았다.

왜냐면 방금 카토가 이쪽을 쳐다보며, 결의에 찬 내 얼굴을 응시한 듯한 느낌이…….

"저기, 아키 군. 내가 화낸 건 아키 군이 독단으로 서클 멤버를 영입하려고 했기 때문이야. 왜 그렇게 중요한 일을 상의도 하지 않고……."

"아니, 그래서 어제부터 계속 사과했잖아! 그리고 최근 들어 불현듯 떠오른 아이디어였다고!"

※　※　※

"……휴우."

"어, 어때?"

그로부터 30분 후, 이오리는 스토리 플롯을 다 읽었다.

솔직히 내가 예상했던 것보다 훨씬 진지하게 읽어줬다.

기획서 같은 건 대충 읽은 후 바로 「내 몫은 얼마야?」라든 가 「서클 로고에 「Iori Hashima Presents」를 추가해도 OK?」라든가, 「밴드 애들을 전부 내가 차지해도 돼?」같은 소리를 하면서 교섭을 시작할 거라고 생각했는데 말이다.

"진짜로 일주일 만에 쓴 거지?"

"그래. 오타쿠 콘텐츠의 유통기한은……."

"확실히 어드벤처 게임의 설계라고 해도 손색은 없겠 어……. 뭐, 이것만 있으면 토모야 군이 제작 도중에 돈을 들고 야반도주하더라도 꽤 괜찮은 녀석을 만들 수 있을 거 야."

"……기획서를 칭찬해주는 건 고마운데, 겸사겸사 기획자 를 깎아내리지는 말아줄래?"

"아니, 토모야 군도 칭찬하는 거야. 솔직히 말해 이렇게 제 대로 된 기획서를 준비하는 동인 서클이 얼마나 있을지……."

"뭐, 첫 번째 작품을 만들면서 단련했거든……."

기획서 작성법도, 스토리 제작법도, 최고의 스승에게 배 웠다.

이것은 그 스승이 75점이나 줬던 원안이 밑받침이 된 것 이다.

그러니 양식 면에서는 그 누구에게도 밀리지 않을 것이다.

"그리고 다음으로 히로인의 속성에 관해서인데……."

"이야기 질질 끌 필요 없어……. YES인지 NO인지만 말해
줘."

"아키 군……."

그런데도 내가 이렇게 초조해 하는 것은…….

진득하게 대답을 기다리지 못하는 것은…….

지금이 그때 상황과 비슷하기 때문이다.

"유감이지만, 참가할 마음이 들지 않아."

그때, 그녀의 거절방식과 말이다……. 거 봐. 이럴 줄 알았
다니깐.

"이유가 뭐야."

그래서 그때와 마찬가지로 초조해졌다.

하지만 그때에 버금갈 정도의 충격을 받은 것은 아니
다…….

아니, 그런 충격은 평생 한 번 받을까 말까 하는 레벨이니
비교하는 것 자체가 이상한 짓이겠지만 말이다.

"이미 다른 서클에 들어가기로 결정한 거야……?"

"그랬다면 처음부터 말했을 거야. 나도 처음부터 응할 마
음도 없는 영입 권유나 받고 있을 만큼 한가하지는 않거든."

"그럼, 어째서……."

"어째서라니…… 그야 내용이 만족스럽지 않기 때문이지. 그 외에 어떤 이유가 있겠냐고."

"아……."

『지금까지 소비형 오타쿠였던 녀석이 게임을 만들겠다는 거야? 세상 물정을 몰라도 너무 모르는 거 아냐?』

『너의 기획은 완벽한 0점이야.』

『나는 오타쿠의 한심한 바보짓에 어울려줄 시간 없어.』

『읽으면 읽을수록 한숨만 나오네.』

그것은 1년 전에 질리도록 들었던 축복……이 아니라 거절의 이유였다.

그러고 보니 내 기획서가 거절당한 이유가 내용 이외에 있을지도 모른다고 생각하는 것은 자의식 과잉이라고 해도 과언이 아니리라.

"그럼, 이유가 뭐야……?"

하지만, 그래도 물어볼 수밖에 없었다.

"어느 히로인 루트도 건성으로 쓰지 않았단 말이야."

「내 기획의 어디가 문제인 건데!」하고 말이다…….

그녀들과 함께 보낸 1년이…….

그녀들이 나를 단련시켜준 1년이…….

나를 전혀 성장시켜주지 않았다는 걸, 인정할 수는 없었기 때문이다.

"음, 뭐, 맞아……. 잘 썼고, 모든 히로인의 구색이 잘 갖춰졌어. 각 이벤트 및 스토리의 양과 질 또한 밸런스를 이루고 있지."

"그럼 왜……."

"하지만, 이래서는 팔리지 않아."

"그럼 어떻게 해야 되는데?!"

"그걸 내가 어떻게 알겠어."

"아……."

그 불합리하기 그지없는 주장을 들은 순간 내 머릿속은 새하얗게 변했다.

그리고 그 직후, 옛 기억이 되살아난 순간…….

"……으음, 좀 너무하지 않아요?"

"뭐?"

불합리하기 그지없는 소리로 내 기획을 통째로 부정한 이 오리 때문에 열 받은 사람은 내가 아니었다.

"잘 썼다, 밸런스가 좋다……. 그건 이 기획의 문제점이 아니죠? 오히려 칭찬이죠?"

"카, 카토……?"

아니, 진짜로 열 받은 게 아니라, 그저 냉정하고 신중하게 확인을 하고 있을 뿐이지만 말이다.

"『이래서는 팔리지 않는다』고 말했을 텐데? ……그것만으로도 충분한 이유 아닐까?"

"하지만 팔리지 않는 이유는 모른다면서요? 그래서는 대답이라고 할 수 없잖아요."

"어, 어이 진정해……."

그, 그렇다. 열 받지 않았다.

설령 「나는 신경 쓰지 않아도 된다」고 아까 자기 입으로 말했으면서, 이렇게 상대의 말꼬리를 물고 늘어지더라도 말이다.

설령 「대화에는 전혀 참여하지 않겠다」고 아까 자기 입으로 단언했으면서, 어느새 주도권을 쥐고 있더라도 말이다.

"이래서는 전혀 공평하지……."

"아니, 이오리는 충분히 공평해."

"아키 군……?"

하지만 나는 분노한 카토와는 대조적으로 점점 냉정함을 되찾고 있었다.

그 이유 중 하나는 내 분노를 카토가 전부 넘겨받았기 때문이다.

그리고 또 다른 이유는…… 예전에 『그녀』에게 들었던 말이 생각났기 때문이다.

"이오리가 그 이유를 말할 필요는 없어. 애초에 우리는 부탁을 하는 입장이잖아."

"아……."

"그러니까 카토. 오늘은 이만 돌아가자."

아니, 이유가 있다는 소리를 들었으니 그나마 다행이다.

이오리가 변덕을 부려 거절한들, 우리에게는 화낼 권리는 없다.

게다가, 이오리가 지나칠 정도로 상냥하게 대응하고 있다는 사실을 눈치챘다…….

『정말 믿기지가 않아요. 제가 하루 종일 걸려서 그린 그림을 5초 보고 재작업 시키더라고요. 그러고도 그 이유가 「이래서는 팔리지 않으니까」라는 한마디였다고요!』

『그래서 「그럼 어떻게 그리면 되는데?」라고 물어도 「그걸 내가 어떻게 알아?」라고 하는 거 있죠? 진짜 무슨 소리를 하는 건지 전혀 모르겠다니까요!』

그렇다. 사랑하는 여동생_{이즈미}에게도 똑같은 짓을 했으니 말_{6권 제4장 참조}이다…….

"어이, 이오리."

"토모야 군, 왜?"

"한 번 더 봐줬으면 하는데, 언제 시간이 돼?"

"아, 아키 군……?"

"글쎄……. 그럼 연휴 다음날 저녁 어때? 방과 후에 여기에서 만나자."

"알았어. 그때까지 수정해볼게. ……그럼 간다."

"그래, 또 봐."

"어, 어……."

카토는 멍한 표정이 아니라 망연자실한 표정을 지으면서 나와 이오리를 쳐다보고만 있었다.

하지만 우리 둘은 그런 카토를 전혀 개의치 않았다. 그리고 이미 볼일은 끝났다는 듯이 서로에게서 고개를 돌렸다.

뭐, 한동안 인연을 끊었던 만큼 이렇게 엇갈리는 느낌의 의사소통 하나만큼은 완벽했다.

그래도, 사이가 나쁘기 때문에 알 수 있었다.

이오리가 말한 『팔리지 않는다』에는 내가 눈치채지 못한 『이유』가 분명 존재한다.

그리고 그 『이유』를 해결한다면, 이 녀석은 분명 우리의 제안을 수락할 것이다.

지금은, 그런 확신을 얻은 것만으로 충분했다.

"아, 그런데 토모야 군."

내가 계산서를 들고 카운터로 가려고 할 때, 등 뒤에서 이오리의 목소리가 들려왔다.

"이번에는 또 뭐야?"

고개를 돌려보니, 이오리의 시선은 나를 향하고 있지 않았다.

바로 내 옆에 있는…….

"네 애인, 좀 부담스러운 여자 같아."

"…………."

아, 카토의 눈이 썩은 동태눈깔로 변했다.

제7장

정답 직전에 광고를 트는 방송은 짜증난다니깐

"어쩌지……."

"음, 카토. 진정해."

이오리에게 서클 참가를 거절당하고, 몇 시간 후.

"어쩌지……."

"배가 고파서 부정적으로 생각하는 거야. 밥이라도 먹을까?"

그 후, 「그럼 안녕.」 하고 인사하면서 헤어지지 못한 나와 카토는 내 방에서 반성회를 가지기로 했다.

"어쩌지……."

"아, 부엌에 있는 걸 마음대로 써서 요리해도 돼. 아, 내가 지금 땡기는 건 파스타 계열……."

"나, 부담스러워?"

"어, 그거 때문에 계속 가라앉아 있었던 거야?"

방에 도착하자마자 무릎을 꼭 끌어안으며 주저앉은 카토는 가라앉을 대로 가라앉은 채 원망에 찬 목소리를 쥐어짜내고 있었다.

……뭐, 그걸 고민하고 있는 거라면 걱정할 필요는 없을 것이다. 카토는 딱히 부담스럽지 않으니까 말이다.

"큰일이네. 요즘 들어서는 한 번 흥분하면 감정을 주체하지 못하는 것 같아."

"그, 그렇지 않아! 지금도 카토는 목소리에 억양이 없어! 평소처럼 멍하다구! 아마도 말이야!"

"으, 응……. 나는 멍해……. 감정 표현을 대충대충 하고, 미련 같은 건 가지지 않으며, 기뻐하는 건지, 화난 건지, 즐거워하는 건지 잘 알 수 없는 여자애……. 그게 나, 카토 메구미……."

"아~. 뭐, 한 번 화나면 꽤 오래가기는 하지만 말이야."

"…………."

"아앗, 미, 미안해! 그렇지 않아! 너는 언제나 대충대충이라고!"

"그건 전부 아키 군이 나를 짜증나게 만들기 때문이야……. 지금도 은근슬쩍 자기 먹을 것까지 나한테 만들게 하려고 했잖아."

"잘못했습니다, 잘못했습니다! 스파게티는 제가 만들게요! 레토르트 미트 소스라도 괜찮지?!"

"아니, 카르보나라가 먹고 싶어. 내가 소스를 만들 테니까 아키 군은 파스타를 삶아."

"……예입."

아무튼, 요즘 들어 이 녀석이 무시무시한 녀석인지 쉬운 녀석인지 감이 안 와서 무섭다니깐.

※　※　※

"즉, 다음 협상일이 모레라는 건, 연휴 마지막 날을 활용할 수 있다는 거야."

"그럼 우리가 제대로 고쳐올 거라고 믿는 걸까?"

"믿는 건지 아닌지는 모르겠어. 하지만 찬스를 준 건 분명해."

우리는 카르보나라와 샐러드, 콩소메 수프(전부 카토가 만듦)를 먹으면서 회의를 시작했다.

회의 안건은 물론 스토리 플롯의 문제점에 대해서다.

"하지만 모처럼 찬스를 줄 거면 자신이 눈치챈 문제점을 가르쳐주면 될 텐데……."

"이오리는 원래 그런 녀석이야……."

그렇다. 하시마 이오리는 그런 인간이다.

오타쿠로서 높은 스테이지에 자력으로 올라갈 힘이 없는 녀석과, 그런 야망을 가지고 있지 않은 녀석은 거들떠도 보지 않는다.

그 녀석이 상대하는 이는 힘과 야망을 지닌 이들뿐이다.

하지만 그런 인간들을 상대할 때도 아기에게 걸음마를 가르치듯 세세하게 이끌어주지는 않는다.

우선 이오리 자신과 대등하게 싸울 수 있는 수준까지 자력으로 올라온 이에게만, 힘을 빌려주는 것이다.

하지만 일단 그의 협력을 얻기만 하면 그야말로…… 천군만마를 얻은 것처럼 믿음직한 존재가 될 것이다.

……뭐, 너무 믿음직해서 재난을 일으킬 때도 있지만 말이다.

"하지만 정말 신뢰해도 괜찮을까? 실은 아키 군의 플롯이 옳고, 그의 생각이 잘못됐을 수도……."

"아니, 아마 그렇지는 않을 거야."

"정말?"

"그래……. 팔린다, 팔리지 않는다, 의 판단에 있어서만큼은 나는 그 녀석의 상대가 되지 못해."

그렇다. 하시마 이오리는 그런 인간이다.

그 나이에 초 대형 서클을 몇 개나 거치며, 대량으로 상품이 판매되는 현장을 몇 번이나 봐온 최악의 동인 건달.

직접 뭔가를 만든 적은 한 번도 없는데도, 어떤 작품이 팔릴지 팔리지 않을지를 꿰뚫어 보는 『안목』만큼은 그 누구도 그를 따라잡을 수 없었다.

그것이 책이든, 게임이든, 굿즈든 간에, 그 녀석이 『팔린다』고 판단하면 그것을 사려고 행렬이 생기고 판매자들은 일부러 느릿느릿 물건을 팔아 그 행렬을 더욱 길게 만들며, 되팔이꾼들 또한 잔뜩 몰린다. 그리고 하룻밤 만에 그 서클은 선망과 질투, 그리고 거금과 대혼란에 휩싸이고 만다.

……이렇게 말하니 단순한 트러블메이커 같지만, 그래도 그 녀석의 그런『전략』을 손에 넣기 위해 그 녀석을 끌어들이려 하는 서클은 셀 수도 없을 만큼 많다.

뭐, 이번에는 우리가 그 더러운 서클이지만 말이다.

"흐음……."

"왜 그래? 내 말을 못 믿는 거야?"

"으음, 뭐랄까…… 이『나만은 그 녀석에 대해 제대로 알고 있다고.』같은 느낌은 뭐야? 매우매우매우 그렇고 그런 것 같네."

"잠깐. 너 지금 무슨 소리를 하고 있는 거야?!"

"아~, 그리고 보니 중간에 아군이 되는 한때의 라이벌 캐릭터와 주인공의 커플링은 그런 쪽 여자애들에게 엄청 인기 있지~?"

"어이, 카토. 너는 오타쿠가 아니지? 오타쿠 아니지?! BL에 눈뜬 거 아니지?!"

※　※　※

"자, 그럼 문제점 지적을 시작해보자."

배가 불러서 마음에 여유가 생긴 우리는 테이블에 마주앉았다.

테이블 위에는 아까 이오리가 읽었던 기획서가 펼쳐져 있었다.

그리고 그 위에는 여러 색깔의 포스트잇과 형광펜이 놓여 있었다.

"카토는 각 캐릭터의 스토리 플롯 쪽에서 문제점이라고 생각되는 걸 주저 없이 지적해줘. 제 아무리 사소한 거라도 상관없어."

그리고, 우리의 싸움이 시작되었다…….

그것은 아까까지 벌였던, 적과의 대결이 아니었다.

눈앞에 있는 종이 다발, 100킬로바이트에 달하는 문자 속에 잠입해 사막에서 바늘 찾는 것과 다름없는 고독한 싸움을…….

"미안한데, 아키 군. 그 지시는 너무 애매모호해."

"뭐~?"

하지만 그런 격렬한 싸움에 임하는 카토가 가장 먼저 한 말은, 내 의욕을 적절하게 깎아먹고도 남을 만큼 기합이 빠진 소리였다.

"애초에 게임 스토리의 문제점이 뭐야? 재미있나 없나 같은 감각적인 걸 말하는 거야?"

"아니, 그건……."

나는 무심코 「뭐, 그거부터……?」 하고 말하려다 꾹 참았다. 그리고 백지를 한 장…… 아니, 세 장 꺼내 거기에 볼펜으로 글자를 적었다.

"좋아. 그럼 포인트를 몇 개 짚어보기로 하자."

확실히 카토의 말이 맞다.

『스토리 플롯의 문제점』을 지적해달라는 말만 듣고, 마구마구 독설을 퍼부어 기획자의 마음을 걸레로 만드는 건, 캐리어가 충분한 인기작가가 아닌 한 불가능할 테니까 말이다…….

※ ※ ※

"우선 첫 번째 포인트…… 그건 『헤이트』야!"

"헤이트? 싫다라는 뜻의 그 헤이트 말이야?"

카토 앞에 내민 첫 번째 종이에는 헤이트라는 세 글자가 적혀 있었다.

"그래. 요즘은 헤이트 스피치라는 말로 화제가 되고 있는 단어지만, 그 생각 자체는 옛날부터 존재했던 거야. 게임과 만화뿐만 아니라 소설과 드라마 등의 스토리 전개에 있어서도 고려할 수밖에 없는 포인트지."

나는 카토에게 그렇게 말하면서 리얼타임으로 생각나는 헤이트 전개를 적었다.

·얼간이(주인공, 히로인)

·캐릭터 붕괴

·미움 받는 히로인

·NTR(메인 히로인, 서브 히로인)

"바로 생각나는 건 이 정도네⋯⋯. 이런 캐릭터와 스토리 전개가 있다는 게 알려지면, 인터넷 상에서 마구 비난받게 돼. 그 탓에 중고 시장에서의 가격이 폭락하고, 폭도로 변한 유저가 미디어를 물리적으로 박살내는 등, 안구에 습기가 차는 상황이 벌어지니 주의해야 해."

"우와, 골치 아프네~."

뭐, 그렇다.

인간의 마음속에 존재하는 어둠은 너무나도 깊은 것이다.

한 번 찍히면 그걸로 끝이다. 그 게임과 캐릭터에 관한 거라면 딱히 상관이 없는데도 뭇매를 맞고, 그 캐릭터를 등장시키기만 해도 뭇매를 맞으며, 무슨 소리를 하던 일단 뭇매를 맞는 것이다. 정말 골치 아프다.

왜 그렇게 야단법석이야. 처녀든 아니든 딱히 상관없잖아.

"⋯⋯그런데 이 엔, 티, 알이라는 건 뭐야?"

"NTR은 네토라레의 줄임말인데⋯⋯ 히로인이 다른 남자와 사귀게 되는 배드 엔딩처럼, 유저가 『보고 싶지 않은』 전개를 뜻하는 말이지."

"아하…… 하긴, 유저들도 돈 내고 산 게임을 하면서 기분 나빠지고 싶지는 않을 거야."

"확실히 그렇기는 하지만, 요즘 들어 그 내성이 점점 약화되고 있는 건 문제야……. 주인공과 맺어지지 못한 다른 히로인이 주인공의 절친인『좋은 녀석』과 사귀게 되는 것도 안 된다든가, 주인공과 절대 맺어지지 않는 서브 히로인이 다른 남자와 맺어졌더니 발광한다든가……. 아~, 정말 그 자식들! 작가 여러분에게 자유도를 좀 주라고! 캐릭터도 살아있단 말이다! 그녀들에게도 미래가 있고, 행복하게 될 권리가 있어! 다른 여자와 맺어진 주인공을 계속 짝사랑하라니, 너무하잖아! 안 그래?!"

"아키 군의 마음속 어둠이야말로 너무 깊은 것 같은데?"

※　※　※

"그리고 두 번째 포인트는……『표절』이야……."

"좀 쉬었다가 하는 게 어때?"

"아, 아냐. 괜찮아……."

첫 포인트를 설명했을 뿐인데 살짝 산소결핍 상태가 된 나는 뇌에 산소를 전달하기 위해 잠시 동안 심호흡을 한 후, 다음 종이를 들었다.

· 도작, 트레이스
· 캐릭터 설정, 스토리 전개 면에서의 전면적 도용
· 캐릭터 특징, 입버릇 등의 표절
· 표절 아냐! 오마쥬라고!

"뭐, 위쪽에 있을수록 죄질이 나쁘다고나 할까……."

"그러고 보니 실제로 소송당한 적도 있지?"

"그래. 그림 쪽은 말이야……."

특히 저작권에 신경 쓰는 회사는 주의해야 한다. ……○○ ○이나 ○○○. ○○ 같은 곳 말이다.

그런 곳은 도용이나 표절을 눈치채고도, 그 작품이 발매되기 직전이나 직후까지 침묵을 지킨다.

그리고 상대에게 제작비용을 잔뜩 쓰게 한 후, 일망타진한다고 하는 어른스러운 싸움을 벌이는 것이다. 우리 같은 동인 서클은 한 방에 문 닫게 될 것이다.

"뭐, 문장은 그림에 비해 증명하기가 어렵지만…… 그래도 표절해봤자 좋을 건 하나도 없어."

요즘 들어서는 상업 작품뿐만 아니라 Web소설 같은 무료 콘텐츠도 넘쳐흐를 정도로 많기 때문에 그야말로 『들키지 않게』 표절할 소스라면 얼마든지 있었다.

하지만 무료 작품이라고 해서 권리가 없지는 않으며, 무엇보다 누군가 그 사실을 눈치채면, 그 작품은 순식간에 『헤이트』의 대상이 되고 만다.

즉, 크리에이터에게 있어서는 급할수록 돌아가는 게 최고입니다…….

"그러니까 카토. 내 설정이나 스토리에 무의식적으로 표절한 부분이 있지 않은지 눈을 반짝이며 감시해줘!"

"으음, 오타쿠 콘텐츠를 많이 접해보지 않은 인간한테 그런 걸 시키면 곤란하다구."

※　※　※

"그리고 마지막인 세 번째 포인트는……『태클거리』이야."

"으음, 오탈자 말이야?"

"아, 그런 건 사소한 거야……. 뭐, 너무 많으면 디렉터^{편집자}는 뭐하는 거야, 같은 소리가 나오겠지만 말이야. 하지만 납기기한 직전은 고사하고 아예 넘긴 후에 납품을 하는 시나리오라이터^{작가}한테도 잘못은 있다고."

"미안한데, 무슨 소리를 하는 건지 모르겠어."

· 설정 오류, 파탄

· 억지스러운 스토리

· 뜬금없는 전개

"뭐, 내가 말하고 싶은 건 이런 것들이야……. 작품을 보거나 읽을 때, 이런 부분을 발견하면 김이 확 샌다니깐~."

"아~ 맞아. 아키 군은 애니메이션을 보면서 자주 태클을 걸잖아."

뭐, 『아예 뭐부터 태클을 걸어야 할지 모르겠다』 같은 느낌으로 태클을 거는 걸 즐기는 애니메이션도 존재한다. 하지만 그런 작품일수록 원반형 매체의 판매량이 좋지 않기 때문에 의도적으로 그런 작품을 만들려고 해서는 안 된다.

하지만 어려운 점은 작품에 있어 부정적인 의미로 여겨지는 『태클거리』와, 긍정적인 의미로 여겨지는 『의외성』이 사실 표리일체라는 점이다.

예를 들어 일상계 작품에서 느닷없이 시작된 배틀 전개, 갑자기 죽어버리는 주요 캐릭터 그리고 아무런 징조도 없이 각성한 주인공…….

하지만 솔직히 말해 억지스럽든 설정에 구멍이 있든 「재미만 있으면 OK!」, 「유저가 원하는 전개라면 괜찮아!」 같은 진리가 존재하는 것이다.

그럼 그 두 개의 차이점은 뭐냐면…… 사실 그것은 결과론에 지나지 않는다. 유저가 재미있다고 말하면 『의외성』이며, 재미없다고 하면 『태클거리』가 되는 것이다. ……이야, 창작이라는 건 정말 어려운 거네요.

"자, 분량을 꽤 늘렸으니, 이제 기합 넣고 체크를 시작하자고, 카토!"

"……저기, 아키 군. 그거야말로 해선 안 되는 말이거든? 다들 확 김이 샐 거라구."

문제점 지적 회의, 네 번째 포인트…… 그것은『작품 밖의 존재』다.

※　※　※

"……."

"……."

그리고 문제점 지적 회의가 시작되고 몇 시간이 지났을 무렵……

"……저기, 아키 군."

"으음~, 카토. 왜? 신경 쓰이는 점이라도 찾았어?"

"응. 서브 히로인3의 데이트 이벤트 말인데……."

"혹시 문제가 될 만한 묘사라도 있는 거야?"

"……여기의『주인공이 한창 데이트 중에 다른 히로인한테 가버리자, 주인공 앞에서는 웃고 있던 히로인이 그가 사라지자마자 부루퉁해졌다.』말인데, 창작 맞지? 체험담 아니지?"

"……적어도 나는 그런 체험을 한 적이 없는데?"

"…………아~, 그럼 됐어~. 아무 것도 아냐~. 내 착각이었어~."

"카토?"

우리는 몇 번이나 프린트 용지를 반복해 읽고, 신경 쓰이는 부분에 포스트잇을 붙이면서 플롯의 문제점을 열심히 찾았다.

"……."

"……."

그리고 때때로 작업을 중단한 우리는 의견교환을 한 후, 다시 체크를 시작했다.

"……아, 그리고 말이야."

"응? 이번에는 뭐야?"

"으음, 서브 히로인1과 서브 히로인2의 동시 발생 특수 이벤트 말인데……."

"아~, 그거 말이구나. 동인지 즉매회 회장에서만 발생하는 그거 말이지?"

"……이 『남겨진 두 히로인이 주인공의 험담을 하는 이벤트』는 짐작 가는 데가……."

"없거든?! 우연이거든?!"

"그래? 그건 그렇고 이 주인공은 걸핏하면 히로인을 내버려두고 다른 데 가버리네. 완전 저질이야. 아, 그래. 즉, 이 주인공이 제1포인트의 헤이트에 해당⋯⋯."

"어이어이어이, 잠시 후에 주인공이 돌아와서 대활약하니까 세이프라고!"

그런 짓을 몇 번이나 반복했지만, 결국 명확한 성과는 얻지 못한 채⋯⋯.

"⋯⋯."

"⋯⋯."

그리고 날짜가 바뀌는 시간이 되어 가는데도⋯⋯.

"⋯⋯으음, 저기 말이야."

"오~, 찾은 거야~?"

"서브 히로인4의 후반부 스토리 말인데⋯⋯."

"그, 그건⋯⋯."

"여자애가 병에 걸려 쓰러졌지만, 그 날은 주인공에게 있어 중요한 대회가 열리는 날이라서, 히로인의 곁에 가면 그 대회를 포기할 수밖에 없잖아?"

"⋯⋯흐, 흔한 스토리지?"

"그래⋯⋯. 선택지인 『간다』, 『가지 않는다』 중에 어느 걸 고르면 해피엔딩이 되는가, 하는 부분에서 약간 위화감이 느껴져."

"자, 자연스러운 흐름이라고 생각하는데 말이야."

"아하, 아키 군은 그렇게 생각하는 구나."

"아, 아니, 주인공이 말이야……."

역시 아무 것도 찾지 못한 채 시간만 하염없이 흘러갔다.

"……."

"……."

그리고 때때로 묘하게 무거운 침묵이 찾아오기도…….

"나, 부담스러운 여자 아니거든? 아까 일 때문에 아직도 삐친 건 아니거든?"

"그런 소리 한 적 없거든?! 적어도 입 밖으로 소리 내서 말한 적 없거든?!"

"휴우……."

"으~……."

이러쿵저러쿵 하다 보니 오전 두 시가 되었다.

테이블뿐만 아니라 방 전체에 대량의 기획서가 흩어져 있었다.

그 대량의 종이에는 하나같이 수많은 포스트잇이 붙어 있으며, 그 뿐만 아니라 형광펜으로 세세하게 체크되어 있었다.

"모르겠어……."

"모르겠군……."

그 체크 표시야말로 『검토했지만 문제는 없는 것 같다』라는 의미를 지니고 있었다…….

그리고 체크되지 않은 포스트잇이 제로가 된 순간, 우리의 싸움은 암초에 부딪혔다.

"모든 히로인의 루트가 재미있다구~. 서브 히로인도 건성으로 쓴 것처럼은 보이지 않는단 말이야~."

"으음, 칭찬 고마워."

"하지만 전작 때도 그랬듯이, 실제로 플레이해보지 않으면 진짜로 재미있는지 아닌지 알 수 없잖아~."

"뭐, 이건 소설이 아니라 게임이니까 말이야."

"그럼 어째서…… 이 이야기가 게임이 되면 팔리지 않을 거라고 단언할 수 있는 걸까……."

"그 이유를 찾아내는 게 우리 임무잖아……."

온몸에서 힘이 쭉 빠진 나와 카토는 그대로 테이블에 엎드렸다.

"모르겠어. 모르겠어. 모르겠다구……."

"안심해. 나도 전혀 감이 안 와."

우리의 대화는 뇌에서 흘러나오는 푸념과 우는 소리를 그대로 나열하고 있는 것으로 변해가고 있었다.

"우리가 정말 알아낼 수 있을까?"

"글쎄."

"카스미가오카 선배라면, 알아냈을까……?"

"……."

의식이 몽롱해진 상태에서도, 아니, 의식이 몽롱해졌기 때문일까…….

"하지만 나는 카스미가오카 선배가, 아니라구~."

"나도…… 우타하 선배가 아냐."

결국 우리의 우는 소리는 과거로 거슬러 올라가고 있었다.

"내가, 카스미가오카 선배라면…… 알아냈을까?"

"그런 생각은 아무 의미도 없어. 그럴 거면, 내가 우타하 선배가 되면 좋았을 거야."

"아니야. 내가 되지 않으면 의미가 없어……."

"이유가, 뭐야……."

"그야, 그야……. 얼마 전까지의 카스미가오카 선배와 아키 군이라면…… TAKI UTAKO라면…… 이런 숙제는 순식간에 풀었을 거잖아."

"……바보."

시끌벅적하고 삐걱삐걱거리며 독기가 넘치고 아니, 독기밖에 없었지만…….

그래도 뜨겁고 꿈과 희망…… 아니, 재능이 넘쳐흐르던 그 시절로 말이다.

"카토, 오늘은 이만 자자……."

"하지만 실마리도 찾지 못했잖아……."

"그렇다고 이렇게 잠 안 자면서 계속 해봤자 못 찾을 거야……. 너 지금 완전 이상하다고."

"뭐? 나, 역시 부담스러운 여자인 거야?"

"……왜 그 말이 튀어나오는 건지 모르겠지만, 솔직히 지금은 좀 그런 느낌이야."

"우와아아아…… 안 돼 안 돼 안 돼 안 돼. 지금의 나는 쇼트 보브, 지금의 나는 쇼트 보브……."

"그 괴상한 주문은 또 뭐야……."

"아~ 정말. 분하네~."

"또 이야기가 이상한 데로 튀었어……."

"아키 군. 나, 진짜로 분하다구."

"그러니까, 뭐가……."

"…………."

"카토……?"

"분해. 하지만……."

"안 돼! 그쯤에서 스톱해!"

※　※　※

"……어?"

"여어, 잘 잤어?"

침대 쪽에서 부스럭거리는 소리를 듣고 눈을 떠보니, 역시 그건 카토가 잠에서 깨는 소리였다.

"아키 군……. 지금, 몇 시야?"

"다섯 시."

"우와아, 너무 잤어……."

"무슨 소리 하는 거야. 아직 해도 안 떴으니까 더 자도 돼."

"으음~."

내 침대에 누워 천장을 올려다보고 있는 카토는 아직 일어나려는 기색을 보이지 않았다.

그리고 나 또한 바닥에 드러누운 채 천장을 올려다보고 있었다.

왜냐하면 누군가를 내 방에서 재우거나 다른 사람의 방에 머물렀을 때의, 갓 깨어나 머릿속이 멍한 순간을 꽤 좋아하니까…….

텐션이 묘하게 낮고, 자신을 감추지 않으며, 평소와 달리 목소리까지 조금 쉰다.

그래서 그런지 상대의 진짜 모습을 접하고 있는 듯한 기분이 들었다.

"……신문, 왔네~."

"그래. 왔어."

밖에서는 스톱&고하면서 근처를 질주하고 있는 원동기 자전거의 소리가 들렸다.

그리고 우리 집 우편함에 신문지가 꽂히는 금속음 또한 들렸다.

"작년 이맘때에는 아키 군이 배달했었잖아~."

"그때는 완전무결한 소비형 오타쿠였거든~."

1년 전의 추억이 머릿속에 떠올랐다.

"저기, 기억해? 그 때 말이야……."

"그리고 보니 신문배달을 하다…… 카토의 베레모를 주웠어."

"맞아. 그러고 보니 1년이나 지났네."

그리고 카토는 드물게도 추억 이야기를 시작했다.

그런 그녀의 언동은 어느 게임의 메인 히로인처럼 약간 안타까우면서도 조금 낯간지러웠다…….

"그런데 카토. 너, 그때 왜 꼭두새벽부터 그런 데 있었던 거야? 너희 집은 거기서 꽤 멀지 않아?"

"글쎄. 기억이 안나……."

칭찬 좀 해줬는데 꼭 이래야겠냐.

독자들이 오랫동안 품어온 의문을 이렇게 아무렇지도 않게 넘겨버리지 말라고…….

"자, 머릿속도 좀 맑아졌으니까 작업을 다시 시작하자구."

"……계속 도와줄 거야?"

우리는 토스트와 삶은 달걀, 그리고 샐러드로 구성된 간단한 아침 식사(물론 카토가 만들었다)를 먹으면서 흩어져 있던 기획서를 모아 페이지 순서대로 정리했다.

세수를 하고, 머리카락을 정리한 카토는 어젯밤의 무거운…… 아니, 정서 넘치는 분위기에서 벗어나, 밝고 긍정적인 명함을 자아내고 있었다.

"뭐, 카스미가오카 선배만큼은 아니지만, 조금이라도 도움이 되고 싶다고 할까, 하다못해 분위기라도 좀 띄울 수 있으면 좋겠다고 할까……."

……라고 생각했지만, 아무래도 아직 어제 일을 약간 질질 끌고 있는 것 같았다.

"좋아……. 그럼 시작하자."

"응."

수십 페이지에 걸친 기획서 다발을 눈앞에 놓은 나는 오늘의 전투 개시를 선언했다.

그렇다. 이것이 최후의 도전이다.

이 기회를 놓치면, 이오리는 우리 동료가 되지 않을 것이다.

그 녀석은 자신이 정한 허들을 넘지 못하는 인간에게 쏟을 리소스를 가지고 있지 않다.

"아마 어제와 마찬가지로 힘든 싸움이 될 거야."

"그건 나도 몸에 사무칠 정도로 알고 있어~."

"그렇겠지~."

하지만 나는 그런 절망적인 상황인데도 불구하고 아직 낙관적으로 예측을 하고 있었다.

작년에 느꼈던 절망감에 비하면, 이 정도는 아무 것도 아닌 것이다.

작년에 이 자리에는 카토가 없었다.

혼자서, 머리를 감싸 쥐고 무릎을 끌어안은 채 어둠에 사로잡혀 있었다.

그렇기 때문에 지금 나는 이 압도적인 존재감과 안도감만 있으면, 아마 분명 어떻게든 되지 않을까 하고 생각하고 있었다.

뭐, 카토에게 존재감이 있다는 것도 좀 이상한 이야기지만 말이다…….

"정말, 어느 히로인이 메인인지 알 수 없을 만큼 전부 잘 만들어졌는데 말이야……. 대체 뭐가 문제인 걸까?"

"………………뭐?"

제8장

딱히 의미도 없이 시간축을 비틀어대는 작품을
좋은 작품이라고 할 수는 없지

"흐음, 용케도 도망치지 않고 나타났네. 그 점은 칭찬······ 어, 토모야 군. 뭐하는 거야?"

"미안하지만 5분만 더 기다려줘."

"졸려······."

골든위크가 끝난 후, 오래간만에 맞이한 평일의 방과 후.

기울어진 태양에서 뿜어져 나오는 석양이 스며들고 있는 통나무집 느낌의 카페 창가 자리에서, 이오리와 우리는 이 카토와 나 틀 만에 대치했다.

"두 사람 다 지난번보다 더 피곤해 보이네······. 이 연휴 동 안 대체 뭘 한 거야?"

"인마······ 당연한 걸 물어보지 말라고."

"아~. 당연히 알고 있겠지만, 우리가 한 건 플롯 작성이에 요."

시리어스한 분위기 속에서도, 4인용 좌석에 나란히 앉

아…… 아니, 테이블에 엎드려 있는 나와 카토를, 이오리뿐만
아니라 점원과 다른 손님들도 기이한 눈길로 쳐다보고 있었다.

"꽤 기합이 들어간 것 같네. 보아하니 꽤나 괜찮은 플롯
을 완성……."

"……인마. 당연한 걸 묻지 말라고."

아직 5분이 지나지 않았기에 여전히 테이블에 엎드려 있
던 나는 자신만만한 목소리로 이오리에게 말했다.

"……흐음."

이오리가 내 말을 듣고 어떤 표정을 지었는지는 알 수 없
었다.

하지만 맞은편 의자에 앉아있는 이오리가 테이블 위에 놓
인 커다란 봉투를 드는 소리만은 들렸다.

그 봉투에는 나의 아니 나와 카토가 혼신의 힘을 다해 만
든 『제4판』이 들어있었다.

"흐음……."

펄럭 하고 종이를 넘기는 소리가 들렸다.

드디어 우리의 재대결이 시작된 것 같았다……. 얼굴도 마
주하지 않은 채 말이다.

"큭……."

잠시 후, 이오리의 입에서 쥐어짜낸 듯한 목소리가 흘러나
왔다.

그리고 20초 간격으로 몇 번이나 페이지를 넘기는 소리가

들려오더니…….

"크크큭……."

"어, 어때?"

결국 참다못한 나는 힘차게 고개를 들면서 이오리의 리액션을 쳐다보…….

"……너, 뭘 읽고 있는 거야?"

……려고 했지만, 그 녀석이 읽고 있는 것은 우리가 만든 기획서가 아니었다.

"뭐긴 뭐야. 『순정 헥토파스칼』이지."

"뭐……?!"

"이야, 정말 웃기네. 카스미 우타코는 코미디 작품도 잘 쓰는걸."

이 녀석은, 아니나 다를까 오늘의 중요한 안건을 제쳐놓고, 라이트노벨을 읽고 있었다.

아무래도 우리와의 진검승부를 단순한 시간 때우기 정도로 생각하고 있는 것 같았다.

"너, 너어……."

그래서 나는 이 녀석의, 이 긴장감이라고는 눈곱만큼도 느껴지지 않는 행동을 보고…… 폭발했다.

"누구 파야?!"

"글쎄. 나는 역시…… 아니, 그것보다 토모야 군. 이 작품은 누가 메인 히로인이라고 딱 잘라 말할 수가 없네……."

"맞아! 1권에 나온 세 히로인 중에 누가 메인인지 알 수가 없어!"

"2권 이후에서 메인 히로인 논쟁이 종식될지, 아니면 진흙탕 싸움으로 발전할지⋯⋯. 앞으로도 계속 관심을 가져야 할 것 같아."

"나는 가장 마음에 드는 캐릭터도 고를 수가 없다고! 역시 카스미 우타코! 완전히 작가의 손바닥 위에서⋯⋯."

"아~ 저기, 거기 두 사람? 본론에 들어가기도 전에 멋대로 텐션을 끌어올리지 말아줬으면 좋겠는데 말이야~."

아, 카토가 드디어 상체를 일으켰다.

※　※　※

"그럼 구경 좀 할게."

우리 셋 모두 새로운 메뉴를 주문한 후, 드디어 이오리가 기획서를 쥐었다.

"⋯⋯."

"⋯⋯."

그리고 밤샘을 했는데도 졸음이 싹 달아난 나와 카토는 눈앞에 있는 경박하기 그지없는 남자의 일거수일투족에 집중했다.

이오리는 첫 페이지부터 읽지 않았다. 종이 다발을 넘기더니, 앞쪽 절반을 테이블에 내려놓고 남은 절반만 들었다.

이오리가 이럴 거라는 건 이미 예상하고 있었다. 왜냐하면 이 기획서 앞쪽에 있는 기획 개요 부분은 지난번에 합격점이었기 때문이다.

즉, 이오리가 살펴볼 곳은 후반부에 있는 스토리 플롯이다.

그리고 이번 대결의 포인트는…….

이 녀석이 그 중에서 『어느 부분』에 주목하는가…….

"……흐음."

"……윽."

무심코 온몸에 힘이 들어가고 말았다.

왜냐면 이 녀석이 주목한 곳은 내가 예상했던 부분과 정확하게 일치했기 때문이다.

이오리는 그 페이지를 주시하며 내용을 확인했다.

아니, 아마도 『그곳이 수정되었는지』만 확인하고 있는 것이리라.

"큭……."

그리고 이번에는 다른 페이지도 집중해서 읽기 시작했다.

기획서 전체의 2할, 스토리 플롯의 절반…….

어제 하루 동안 완전히 뜯어고친, 그 중요한 부분을 말이다…….

"크크큭……."

"어이, 너는 뭘 읽을 때나 리액션이 똑같은 거냐?!"

"아니, 감탄하고 있는 거야. 제대로 눈치챘구나."

이오리는 여전히 히죽거리면서, 자신이 읽던 부분을 나에게 보여줬다.

뭐, 이 불손하기 그지없는 태도는 그렇다고 쳐도 저 녀석의 말을 듣자하니 이번 수정 내용에 대한 평가는 나쁘지 않은 것 같았다.

"이렇게 단순한 거면 지난번에 지적해줬어도 됐잖아."

그래도 나는 이 녀석에게 한 소리 할 수밖에 없었다.

"『메인 히로인이 부각되지 않는다』라고 말해주면 뭐가 덧나냐고……."

이오리가 들고 있는 페이지에는 『■스토리 플롯 : 카노 메구리 루트』라는 타이틀이 적혀 있었다.

『어느 히로인이 메인인지 알 수 없을 만큼 전부 잘 만들어졌다.』

카토가 한 그 말은, 이 타이틀에 부족한 점을 정확하게 짚고 있었다.

왜냐하면 『시원찮은 히로인을 위한 육성방법』이라는 가제(假題)를 지닌 이 작품의 콘셉트는 그다지 눈에 띄지 않는 수수한 여자애를 끝내주는 메인 히로인으로 만드는 것이다.

……즉, 그런 메인 히로인이 전체적으로 보완된 서브 히로

인들에게 매력 면에서 따라잡혀 버린다면, 이 작품에서 절대 있어서는 안 되는 약점이 될 수 있다.

그러니 서브 히로인들이 보완되었다면, 메인 히로인 쪽은 질적으로도 양적으로도 더욱 보완되어야만 하는 것이다.

"토모야 군. 너는 최강의 미소녀게임을 만들고 싶지?『전설의 히로인』을 탄생시키고 싶은 거지? 그렇다면 목숨을 걸고 도전할 수밖에 없어."

최선을 다해 서브 히로인을 만들고, 죽을힘을 다해 메인 히로인을 만든다…….

그런 치킨 레이스에 도전해야만 하는 것이다.

"하지만 너는『전설』을 예시로 삼아선 안 된다고……."

"그래. 프로듀서는 전설을 예시로 삼아선 안 돼. 하지만 크리에이터는 전설을 믿어도 괜찮다고 했을 텐데?"

"그『믿음』이 대전제라는 이야기는 못 들었다고……."

"네가 돈이나 인맥을 만들기 위해 게임을 만든다면 믿지 않아도 돼. 동인 쪽이 세금이나 수속 면에서 덜 귀찮다는 이유로『오타쿠를 대상으로 한, 상업보다 돈이 되는 장사』라고 생각하며 안정적인 수입을 원하는 것뿐이라면……."

"나는 그럴 생각 없거든?! 그러니까 세세하게 설명하지 않아도 되거든?!"

"……그래. 너는 돈보다 자신의 작품 그 자체에서 가치를 찾고 있어."

"뭐, 그래."

"그럼, 가장 힘을 쏟아야만 하는 부분이 『압도적인 1등』이 되지 못한다면, 그 작품은 너에게 있어 망작이야."

"……윽."

어느새 이오리는 우리 둘을 똑바로 쳐다보고 있었다.

"자본력도, 신용도 없는 동인 서클은 프로모션으로 사전 평판을 좋게 꾸며 치고 빠지기 식으로 팔려고 해봤자, 많이 팔았다고 자신 있게 말할 수 있을 정도의 매상을 올릴 수 없어."

그가 하는 말은 목표만 높고 남에게 부담만 주며, 악랄하고 무리하며 무모하기 그지없지만…….

"호평이 호평을 부르며, 장시간 동안 팔려야만 목표를 달성할 수 있는 거야."

하지만 이오리의 눈빛은 거짓말을 하고 있는 게 아니라는 확신을 가질 수 있을 만큼 진지……하지는 않지만 다부지고, 자신만만했다.

"그러니 작품 그 자체의 평판을 극도로 끌어올릴 수밖에 없어……『전설』을 만들 수밖에 없는 거야."

그것이야말로 내가 갈구하는, 악덕 프로듀서다운 표정이었다.

……아, 미안. 말실수했다. 결과를 도출해내는 프로듀서다. 뭐, 의미는 같지만 말이다.

"아무튼 토모야 군. 이걸로 겨우 제2단계를 돌파했네."

그런 뻔뻔한…… 아니, 자신만만한 얼굴로 미소를 지은 이오리는 다시 내 기획서를 쳐다보았다.

"다음이 최후의 관문……이야?"

"그래. 한 번 보자고……. 토모야 군의 딱하기 그지없는 망상을 말이야."

"그러니까 그런 식으로 말하지 말라고."

이오리의 정신은 내가 아니라 플롯 속에 있는 문장들을 향하고 있었다.

"네가 생각하는 최강의 메인 히로인이 얼마나 『팔릴지를』 말이야."

그리고 그렇게 선언하면서 미소를 봉인하더니, 마치 크리에이터 같은 태도로 내 창작물과 대치했다.

"……"

"……"

그리고 이곳에 남겨진 나와 카토는 서로를 쳐다보고 될 대로 되라는 심정으로 테이블에 엎드려 졸기 시작했다.

이제, 우리가 할 일은 없다.

뒷일은, 맡길 수밖에 없다.

지금의 우리, 가 아니라 어제의 우리에게…….

어제의 우리가 함께 만든, 우리 둘의 앞으로의 이야기에게…….

"메구리 루트?"

"그래……."

그리고 시간을 거슬러 올라가, 연휴 마지막 날 아침의 내 방.

아침 식사를 마친 내가 문제점 지적 회의의 재개를 선언한 직후, 카토가 별 생각 없이 한 말이 실질적으로 문제점 지적 회의의 끝을 선언 했다.

"메구리 루트의 어디가 문제인 거야?"

"아마…… 전부 다일 거야."

"그럴 리 없어. 전체적으로 잘 만들어졌단 말이야. 다른 히로인들의 루트와 비교해도 손색이 없을 정도라구."

"그게 바로 문제야."

"뭐……?"

"애초에 나는 메구리에 대한 이야기를 쓰고 싶어서, 메구리를 반짝반짝 빛나게 만들고 싶어서, 메구리와 러브러브하고 싶어서 이 게임을 만들기로 한 거야!"

"……으음, 메구리의 베이스가 된 인물로서, 그런 말을 들으니 좀 그렇고 그러네."

아무튼, 나와 카토는 그 후 『이 기획의 문제점』에 관한 각자의 생각을 말해봤다.

우선 결론은, 지금까지의 플롯에 비해 전체적인 레벨이 떨어졌다고 생각하지 않는다.

아니, 모든 면에서의 퀄리티를 유지하면서, 많은 요소가 레벨 업이 되었다고 자부할 수 있다.

특히, 서브 히로인의 스토리는 엄청난 레벨 업을 거두었다고 확신했다.

그럴 수 있는 것은 원래 메인 히로인인 메구리용으로 준비해뒀던 이벤트도 아낌없이 서브 히로인들에게 돌렸기 때문이다.

"즉, 그 탓에 메인 히로인 루트가 밋밋해졌다는 거야……?"

"내가 메구리 루트에서 그런 단순하고 치명적인 미스를 범했을 리가 없잖아! 왜냐면 나는 메구리를 보는 이들의 가슴을 두근거리게 만드는 메인 히로인으로……!"

"아~. 메구리 소리 좀 그만해……. 그럼 뭐가 문제인 거야?"

"확실히 그 탓에 메인 루트를 다시 구축해야 했어. 그래서 플롯을 작성할 때도 그 부분에서 제일 고생했고, 시간도 걸렸지. ……하지만 그 덕분에 예전보다 더 끝내주는 걸 만들었다는 느낌을 받았어……."

"그럼 아무 문제없는 것 아냐?"

"아니, 있어……."

그렇다. 서브 히로인 루트가 레벨 업을 했다면, 메인 히로인 루트는 더욱 레벨 업을 해야만 하는 것이다.

필살기에는 필살기 카운터가 필요하듯, 필살기 카운터에는 필살기 카운터의 카운터가 필요하듯, 필살기 카운터의 카운터에는 필살기 카운터의 카운터의 카운터가 필요…… 뭐, 이건 일단 됐다.

아무튼 주위의 레벨이 한 단계 올랐다면, 중심은 두 단계 혹은 세 단계 이상 올라야만 우위성을 유지할 수 있는 것이다.

다른 히로인을 압도하는 신급 히로인이 한 명 있는 것과, 전원이 우량 히로인인 것…… 양쪽 다 만족해야만 최강의 미소녀게임이라고 할 수 있다.

……무지막지하게 허들이 높은 것처럼 들릴 수도 있지만, 이오리라면 「최강을 자처할 거라면 이 정도는 당연한 거 아냐?」 하고 생각하고 있을 게 틀림없다.

"그래……. 그럼 지금부터 메구리 루트를 다시 써야겠네.

나는 설거지할 테니까 아키 군 먼저 시작해."

"어? 그렇게 쉽게 믿어버리는 거야?!"

카토는 내 주장을 듣자마자 테이블 위의 식기를 정리하기 시작했다.

"뭐, 딱히 근거나 신뢰가 있는 건 아니지만, 지금은 다른 아이디어가 없으니 괜찮지 않겠어?"

"그~거~참~고~맙~습~니~다~."

나는 무지무지 끝내주는 소거법을 듣고 감명을 받았다. 그리고 식기를 정리하고 있는 카토의 등을 쳐다보았다.

……평소와 다름없는 언동인데도 불구하고, 그 행동거지 하나하나가 가벼워 보이는 것은 내 눈이 삐었기 때문일까.

"그럼 오늘도 이 집에 틀어박혀서 아이디어 도출 회의를 해야 하겠지? 그럼 나는 식재료와 갈아입을 옷을 가지러 집에 갔다 올래."

그리고 카토 너, 내일부터 학교에 가야하는데도 불구하고 오늘도 이 집에 머물 생각인 거냐. 너희 집, 실은 가정 붕괴된 거 아냐?

하지만 그런 말을 입 밖으로 꺼내지 않았다. 그녀가 도와주지 않는다면 이대로 좌절할 수밖에 없기 때문이다.

"아니, 이제 와서 아이디어를 도출하는 건 무리야. ……우선 아이디어 축적부터 시작해야 해."

아무튼 나는 그녀가 방금 한 말을 부정했다.

왜냐하면 현재 만든 플롯에 내 머릿속에 존재하는 모든 망상을 쏟아 부었다는 확신을 가지고 있기 때문이다.

그러니 내 머릿속 망상을 아무리 쥐어짜본들, 아이디어가 나올 리가 없다.

"그럼 어떻게 아이디어를 모을 건데? 이제부터 애니메이션 마라톤이라도 할 거야? 아니면 게임 합숙?"

"아, 아니…… 그런 거 말고 말이야."

나는 무심코 방안에 있는 소프트를 카토의 눈앞에 펼쳐 놓으면서 「자, 어느 걸 할래?!」 하고 외칠 뻔 했다. 하지만 그 욕망을 꾹 눌러 참으며 냉정하게 안경을 고쳐 쓰려다, 지금은 안경을 쓰지 않았기에 이마의 비공을 세게 찔렀다.

"메, 메구리 이벤트에 쓸 소재를 모을 더 좋은 방법이 있어."

"그게 뭔데?"

참고로 내가 이런 얼간이 같은 짓을 한 건, 이제부터 입에 담을 제안 탓에 무지막지하게 긴장했기 때문일지도 모른다.

왜냐하면…….

"데이트하자."

"응……?"

"우리, 데이트해보지 않을래?"

※　※　※

"오래 기다렸지~?"

"……"

"왜 그래? 땀을 뻘뻘 흘리고 있잖아."

"그, 그게…… 별의별 생각이 머릿속에서 소용돌이치고 있거든."

"그게 무슨 소리야?"

무슨 소리인지 물어도 대답을 할 수가 없었다. 내 머릿속에서는 그런 표현이 어울릴 만큼 엄청난 양의 감정이 흘러 들어오고 있었던 것이다.

여하튼 지금 우리 두 사람이 있는 곳은 우리 집에서 도보와 전철로 30분 정도 거리에 있는 어떤 주택가의 모퉁이였다.

……뭐, 그런 것은 이 사태의 요점이 아니다. 진짜 중요한 포인트는 그 모퉁이에 있는 집이다.

……『카토』라고 적힌 문패가 걸린 단독주택 말이다.

그렇다. 여러분의 예상대로, 나는 카토 메구미의 집에 생전 처음으로 와봤다.

카토가 「잠깐 들렀다 갈래?」 하고 별일 아니라는 투로 말하자, 이 몸께서는 양손을 필사적으로 내저으며 사양하고 말았습니다……. 아, 말이 이상해진 것은 이 집과 대치한 순간 머릿속이 새하얗게 변했기 때문이다.

아무튼, 그런 복잡한 사정을 거친 끝에, 도로표지판 뒤에 숨어서 카토가 집에 들어가는 모습을 지켜본 나는 경악스러운 광경을 보고 말았다.

그 광경이란…….

"아, 지금부터 친구와 외출할 거라고 했더니 엄마가 과자를 줬어. 먹을래?"

"아니, 가슴이 벅차서 아무 것도 못 먹겠어!"

현관 앞에서 모녀가 사이좋게 대화를 나누고 있었다! 카토네 집은 가정 붕괴가 되지 않았던 것이다!

「메구미! 이번에는 언제 집에 들어올 거니!」라든가, 「그 돈은 이번 달 생활비야!」라든가 「시끄러우니까 좀 그만 짜라구, 이 할망구야!」 같은 광경은 펼쳐지지 않았다!

아니, 딸이 외박하고 아침에 돌아왔는데 게다가 돌아오자마자 또 외출한다고 하는데도 미소 띤 얼굴로 배웅하다니, 카토의 어머니는 정말 마음이 넓네. 뭐, 내가 이런 소리 하는 것도 좀 그렇지만 말이야.

"아키 군, 그럼 이만 가자."

"으, 응……."

내가 그런 무례한 상상을 하고 있다는 걸 아는지 모르는지…… 아니, 알든 모르든 카토는 평소처럼 멍한…… 릴렉스

한 표정으로 나와 나란히 걸었다.

조금 전만 해도 집에 틀어박혀 있느라 러프한 복장을 하고 있던 카토는 여성스러움이 물씬 풍기는 힘이 잔뜩 들어간 옷차림으로 나타났다.

그런 그녀는 나에게 안도감과 그리움을 안겨주는 새하얀 베레모를 쓰고 있었다.

그런 그녀는 그야말로, 남자애와 놀러나가는 여자애 그 자체였다.

그렇다. 카토는 현재 나를 데이트 상대로 인식하고 있었다…….

"그럼 이제부터 이벤트를 시작하자. 녹음기를 켠다?"

"……저기, 아키 군. 진짜로 오늘 데이트를 전부 녹음할 거야?"

"메모를 하려면 대화를 멈춰야 하잖아. 그리고 모든 대화를 메모하는 건 물리적으로 불가능하다고."

"으음, 알고 있겠지만 그런 뜻에서 한 말이 아니라……."

……설령 그게 플롯 작성을 위한 것이라 할지라도 말이다.

그렇다. 이것이 바로 메구리 루트용 아이디어 및 소재를 축적하기 위한 수단이다.

방에 틀어박혀 둘이서 머리를 싸맨 채 상상 속의 이벤트를 쓰는 것이 아니라, 실제로 데이트 장소에 가서 단 둘이

걷고 대화를 나누며, 실제로 일어난 이벤트를 기록하는 것이다.

그곳에는 생각도 못한 해프닝이나 아이디어, 애드리브 등 이야기를 멋지게 꾸며줄 각양각색의 요소가 굴러다니고 있지 않을까…… 하고 생각한 것이다.

……뭐, 문제는 내가 여자애와 데이트하는 리얼충 주인공의 언동과 사고방식, 그리고 행동을 취해야만 한다는 점이지만 말이다.

※　※　※

그리고 우선 평소 이용하는 노면전철을 타면서, 우리의 여행…… 아니, 데이트는 시작되었다.

"그런데 카토. 어디에 갈 거야?"

"데이트하자고 한 건 아키 군이면서, 행선지도 정해놓지 않은 건가요~. 그런 거군요~."

카토는 갑자기 상대를 짜증나게 만드는 말투로 태클을 걸었다. ^{내 흉내}

아, 이것도 축적해둘 만한 아이디어다. 히로인의 속성이다. 모에한 말투다. 전혀 모에하지 않지만 말이다.

"내가 원하는 건 해프닝이야! 우연이야! 기적이라고! 그러니 내가 정해버리면 내 생각대로 굴러갈 거라고!"

"여전히 자기합리화용 대사는 물 흐르듯이 흘러나오네."

"카토가 가고 싶은 곳에 가면 되거든~?시부야? 하라주쿠? 긴자? 스카이트리? 우에노 동물원? 아니면 오다이바에 가서 모 방송국에 충성을 맹세……."

"흐음, 이동에 시간이 너무 걸리는 것도 그러니까, 근처에서 가볍게 놀 수 있는 곳이 좋겠어."

"오~, 그래. 그럼 이케부쿠로 쪽으로 갈 거야?"

"아니, 호라쿠엔 유원지에 가자."

"……잠깐만 있어봐."

카토가 제안한 곳은 이곳에서 도보 및 전철로 30분 안에 갈 수 있는 곳이다.

모 유명 테마파크와 달리 티켓 매표소에서도 줄을 설 필요가 없는, 인근의 조그마한 유원지였다.

"그렇게 붐비지도 않고, 제트 코스터도 있는 데다, 회전목마도 멈추지 않으니, 데이트 이벤트용 소재 수집에 딱 맞는 장소지?"

"어이어이어이, 잠깐만 있어봐. 잠깐만 좀 있어 보라고!"

나는 카토의 타당『한 듯한』제안을 듣고 당황한 목소리로 말을 막았다.

아니, 회전목마는 멈추거든? 안 멈춘다면 그건 사고거든?

아, 문제의 요점은 그것이 아니다.

"거, 거기는 좀…… 전작 때도 거기서 소재 수집을 했다고!"

"아, 그랬어?"

그렇다. 호라쿠엔 유원지는 작년 여름에 로케이션 헌팅을 하러 갔던 장소다. FD 3.3장

"으, 응……. 그러니 거기에 갔다간 소재가 겹칠 거라고! 재탕한 느낌이 왕창 들 거란 말이야!"

유원지 안의 경치는 전작인『cherry blessing』의 배경 소재로 실컷 써먹었고, 풀장과 귀신의 집, 관람차 등은 히로인과의 이벤트 장면에도 나왔다.

그렇다. 그 소재를 모으기 위해 나는 그 날 그 장소에서, 하루 종일 매우 농밀한 시간을 보냈던 것이다.

……에리리와 함께.

"그렇구나……. 그럼 어쩔 수 없네. 그럼 다른 장소에 가야겠어."

"으, 응…… 이해해주셔서 감사합니다."

그런고로, 우연히 약간 부적절한 장소를 선택한 카토를 겨우겨우 설득한 나는 다른 목적지를 선정해 달라고 요청했다.

……우, 우연 맞지? 일부러 그런 거 아냐~인거 맞지?

"그럼…… 조금 멀지만 와고 시에……."

"너, 아까부터 일부러 이러는 거지?! 맞지?!"

죄송합니다만, 세 줄 위에서 한 말을 철회하겠습니다…….

※　※　※

"휴우~, 겨우 도착했네~."

"⋯⋯⋯⋯⋯."

"역시 골든위크라 그런지 붐비네~."

"⋯⋯⋯⋯⋯."

"자, 오래간만에 왔더니 정말 기대되네. 하루 동안 얼마나 돌아볼 수 있을까?"

"⋯⋯어이."

"응? 아키 군, 왜 그래?"

"아니, 뭐 장소 자체에는 불만이 없지만⋯⋯."

"없지만, 뭐?"

"너, 처음에 정해뒀던 전제조건을 깡그리 무시했지?"

"으음~, 그래~?"

결국 최종적으로 카토가 선택한 장소는 이동에 시간이 걸리지 않는 인근 지역도, 느긋하게 놀 수 곳도 아니었다.

그리고 해프닝이나 우연이나 기적을 기대할 수 있는, 뜻밖의 신선한 장소도 아니었다.

우리는 전철과 버스를 갈아타며 두 시간 동안 이동했다.

그런 긴 여행 끝에, 거대한 토지와 건물이 우리를 반겼다.

"그래도⋯⋯ 로쿠텐바 몰에 정말 오랜만에 왔네."

"그래⋯⋯."

타마사키에 오픈한지 약 10개월이 되고…….

우리가 일전에 방문한 후로 약 10개월이 되는…….

그곳은 바로 우리의…… 명목상이라고는 해도 첫 데이트를 한 장소이기도 했다.

중세 유럽을 이미지해서 만든 외관은 요코하마의 벽돌 창고를 연상케 했다.

남과 북, 두 개의 커다란 구역으로 나뉘어 있는 이곳에는 200개 이상의 패션과 생활 잡화, 아웃도어 용품, 음식점이 있었다. 하루 종일 있어도 질리지 않을 만큼 버라이어티한, 그야말로 쇼핑을 위한 도시다.

그리고 커플과 가족들로 북적이는, 리얼충을 위한…… 그리고 오늘은 우리를 위한 공간인 것이다.

"그럼 가자, 아키 군."

"그래. 우선 뭐부터 할 거야?"

"그야 뻔하잖아."

그리고 카토는 자신의 역할을 다하기 위해 미소를 지었다.

"작전회의부터 해야지."

※　※　※

"오늘은 먼저 신발부터 보고 싶어. ……그러니까 애버뉴부터 돌아보자."

"알았어."

"그리고 순차적으로 서쪽도 돌아보는 느낌으로…… 아, 여기와 여기도 들릴래."

"그럼 가장 적절한 이동경로는……."

점심때가 다 되어서 도착한 탓인지, 시설 내부는 이미 전장으로 변해 있었다.

전혀 훈련되지 않은 무질서한 인간들로 여전히 붐비고 있는 가운데, 우리가 우선 향한 곳은…… 지난번과 마찬가지로 푸드코트의 테라스였다.

그리고 그곳에서, 지난번과 마찬가지로 이 쇼핑몰의 지도를 펼친 후, 카토는 목적지를 표시했고, 내가 그 표시에 따라 이동경로를 짰다.

하지만 지난번과 다른 점이 아주 약간 존재했다.

"아, 전부 다 돌아본 후에 사우스 코트에서 이스트 애버뉴로 돌아오고 싶어. 저녁때가 되면 여기도 좀 한산할 것 같거든."

"그럼 이동거리가 늘어날 텐데, 괜찮겠어?"

"아키 군, 오늘은 효율을 따지지 말자구. 응?"

"뭐, 카토가 그러고 싶다면야……. 그럼 경로를 변경한다?"

"응. 잘 부탁해!"

카토는 작전회의 단계에서 적절하게 억지를 부렸다.

가고 싶은 가게도, 돌아보는 순서도 거침없이 말했다. 그리고 그 숫자가 많고, 그 탓에 이동거리가 길어지더라도 전혀 미안해하지 않았다. 이동경로 선택은 나한테 떠넘겼다.

"좋아. 경로 다 짰어. 가자, 카토."

"응. 안내 잘 부탁해."

그것은 사람들로 붐비는 이 몰에 익숙해졌기 때문일까.

아니면, 나와 어울리는 것에 익숙해졌기 때문일까…….

※　※　※

"오래 기다렸지?"

"아냐. 마음에 드는 걸 샀어?"

"물론이지…… 아, 그것보다 아키 군."

"응? 카토, 왜 그래?"

"아키 군도 같이 고르는 편이 낫지 않아? 아이디어 수집 면에서 본다면 말이야."

"……살려줘. 그것만은 봐줘. 그런 건 아직 나한테 허들이 높단 말이야!"

그리고 싸움이 시작되고 한 시간이 지났다.

신발을 보고, 가방을 보고 옷을 봤을 즈음 우리는 서로를 너무 잘 알아 무덤덤해진 커플 같아졌다.

서로를 너무 배려하지도 않고 지나치게 파고들지도 않으며 너무 거리를 두지도 않고, 아양 떨지도 냉랭하지도 않았다…….

그래서 으음, 카토를 상대로 그런 적이 거의 없다는 점을 고려하면서 굳이 말하자면…….

가슴이 두근거리지도 않았다.

"자, 그럼 이동할까?"

"드디어 다음부터 노스 스트리트군……. 그럼 일단 센트럴 코스로 가자고."

"응. 알았어. 자, 아키 군."

솔직히 약간 해프닝이나 두근거림이 부족한 느낌이었기에, 역시 이 『두 번째 방문』은 실패일지도 모른다는 생각이 들려 할 때…….

"자, 같은 소리 하지 말고 잘 따라……."

"자, 아키 군."

"……아."

카토는 나에게 짐을 다 맡겼기에 아무 것도 쥐지 않은 두 손을 나에게 내밀었다.

"이 에스컬레이터는 작년에도 엄청 붐볐잖아."

"……."

마치, 매우 익숙한 듯한 행동이지만…….

왠지, 평소에 자주 그러는 것처럼 자연스러웠지만…….

"소재 수집이야, 아키 군."

"소재 수집, 이구나……."

하지만 그 목적과 행동은 평소 같으면 있을 수 없는 일이기에…….

……예전에 방문한 적이 있는 이 장소에서만 가능한 것이기에…….

"……그럼 어쩔 수 없네."

"응. 어쩔 수 없어."

"달리지 마."

"아키 군이 안 달리면 나도 안 달릴 거야."

"넘어지지 마."

"아키 군이 앞장 서주면 안 넘어질 거야."

"그리고 ……놓지 마."

"……아키 군이 꽉 잡아주면, 안 놓을 거야."

맞잡은 그녀의 손은 따뜻했다.

작년에는 필사적이었지만…….

위기에 처한 끝에, 겨우 결단을 내렸지만…….

오늘은 제대로 준비했다.

그리고, 상대 쪽에서 먼저 제안을 했다.

"그럼 가자, 카토……."

"응. 그렇게 해, 아키 군."

그것은 어이없을 정도로 정통파에…….

어이없을 정도로 흔했으며…….

그리고, 어이없을 만큼…… 모에했다.

※　※　※

"피곤해~."

"꽤 걸었으니 당연하지~."

싸움을 시작하고 세 시간이 지났다.

그 동안, 우리는 점심 식사도 하지 않고 휴식도 취하지 않으며 그저 하염없이, 메구리의 새로운 표정과 몸짓 그리고 말을 모았다.

"돈을 너무 많이 썼어……. 여름 방학 때까지는 새 옷을 못 살 것 같아."

"나도, 두 팔이 떨어져나갈 것 같아……."

……도중부터 카토는 쇼핑에만 열중한 것 같지만, 메인 히로인의 자연스러운 표정을 손에 넣기 위한 것이니 사소한 일은 신경 쓰지 않기로 했다.

"자, 그럼 다음은……."

"쇼핑은 이제 끝내……. 집에 돌아갈 차비 정도는 남겨두라고."

"응. 그러니까…… 이게 진짜 마지막이야."

"어이, 카토. 아무리 그래도 더는……."

"오늘 나와 같이 쇼핑해준 답례야……."

"아……."

카토가 들어선 가게는 전에 와본 적이 있는 곳이었다.

전혀 눈치채지 못한 채 유도된 그곳에서, 나는 두 번째 방문이기에 경험할 수 있는 서프라이즈를 맛보고 있었다…….

그곳은 아이온이라는 이름의 안경 가게였다.

즉, 이곳의 맞은편에는 모자 가게가 있었다.

10개월 전, 우리는 그곳에서 선물 교환이라고 하는, 얼굴이 화끈거릴 만한 히로인 이벤트를 발생시켰다는 실적을 가지고 있었다.

그러니 그곳은 메인 히로인과 주인공을 이어주는 『그리운 장소』라고 할 수 있으리라…….

"……하지만 아키 군은 콘택트렌즈로 바꿨잖아~."

"윽……."

"그때 그 안경, 이제 가지고 있지 않잖아~."

"으그그그극……."

그리고 그 이벤트의 성과를, 지난달에 잃고 말았다.

『이거…… 나 주면 안 돼?』

『응, 알아……. 이건 메구미가…….』

『그래서, 이게 가지고 싶은 거야.』

이별, 그리고 새로운 시작을 알리는 이벤트에 다시 이용되었던 것이다…….

"이렇게 되면 말이야. 주인공과 메인 히로인을 이어주는 새로운 키 아이템을 찾아야하지 않겠어? ……아키 군, 뭐가 좋을 것 같아?"

"잠깐만! 너, 아까부터 계속 비아냥거리고 있지 않아?!"

"어~ 나는 어디까지나 플롯에 쓸 소재를 찾고 있는 것뿐인데 말이야~."

"추억을 덧칠하는 얀데레 소재는 필요 없다고! 너, 오늘 약간……이 아니라 꽤 음험한 것 같은데?!"

"뭐, 예전까지의 흐름을 이어간다면 콘택트렌즈가 좋겠지만…… 과감하게 이미지 체인지해서, 체인 같은 걸로 할까? 그리고 가죽 재킷이라든가…… 아, 코에 피어싱을 한 주인공도 참신할 거야. 저기, 시나리오라이터님은 어떻게 생각해?"

"메인 히로인 양이야말로 자기 애인을 어떤 인간으로 키울 작정인 건뎁쇼?!"

※　※　※

"실은 말이야……. 여기서 에리리와 만났어."

"뭐? 언제?"

그리고 싸움에 마침표를 찍을 시간.

해가 서쪽으로 기울기 시작했을 무렵, 로쿠텐바 몰 센터 코트에 있는 케이크 뷔페.

"전에 아키 군과 왔을 때야……. 케이크 먹던 도중에 아키 군이 가봐야 할 곳이 있다면서 카스미가오카 선배를 찾아 간 직후에……."

"잠깐만아아안! 아직도 그 일을 질질 끌고 있는 겁니까?! 얀데레 암흑 히로인 님?!"

우리는 카토가 언급하고 있는 그때와 마찬가지로, 테이블 위에 산더미처럼 쌓여 있는 케이크를 먹으면서 마주보고 앉 아 있었다.

"뭐, 언제부터 있었는지, 뭐 하러 온 건지, 어떻게 내가 있 는 곳은 안 건지, 전혀, 진짜로, 눈곱만큼도 짐작조차 안 되 지만 말이야……."

"쇼핑하러 왔을 걸?! 쇼핑몰에 올 이유라고는 그거밖에 없을걸?!"

"아무튼, 나와 에리리의 엄청 중요한 이벤트는 그때, 이곳 에서 일어났어……."

"카토……?"

케이크를 먹지 않던 카토는 얼음이 든 잔을 양손으로 감 싸 쥐듯 잡더니…….

왠지 뭔가를 그리워하는 듯 그러면서 쓸쓸함이 어린 듯한, 그런 캐릭터 느낌이 넘치는 표정을 지었다.

"그 애는 나에게 처음으로 아니꼬운 소리를 하고, 심술궂은 표정을 지었어. 그리고 『메구리의 화난 표정』을 완성시켜 줬어."

"그게 여기서 완성된 거야……?"

그것은 만약 『cherry blessing』의 설정자료집을 만든다면 꼭 싣고 싶은 뒷이야기였다.

카시와기 에리가 처음으로 완성한 카노 메구리의 표정집이 로쿠텐바 몰에서 그려진 것이었다니…….

"그리고 나도 에리리를 향해, 처음으로 평소와 다른 표정을 지었어."

"그게, 어떤 건데……?"

"그날의 일이 있었기 때문에, 우리는 절친이 될 수 있었어……."

"그, 그랬구나……."

왠지 말을 돌리는 느낌이 들지만…….

그래도 카토의 표정에서 그리움이 옅어지고 쓸쓸함이 진해지면서, 그걸 묻는 것 자체가 힘든 분위기를 형성했기 때문에, 나는 입을 다물 수밖에 없었다.

"그래……. 절친이, 될 수 있었어……."

전에도 말한 적이 있을지도 모르지만…….

카토는, 울지 않는다.

에리리처럼, 울 리가 없다.

"역시 여기는 그리운 장소네……."

하지만 지금은, 울음을 터트리기 직전의 상태라면…….

"왜냐면, 내가 잃어버리고 만 것이 이곳에는 있거든."

전혀 멍하지 않은 카토 메구미라면, 나에게 보여준다.

"조금, 즐겁고 조금, 열 받고 조금, 쓸쓸하네."

그것은, 내가 갈망하는 메인 히로인에게 너무나도 필요한 요소처럼 느껴졌다.

"저기, 카토……."

"응?"

"역시 내가 도와주는 편이 좋지 않을까? 하다못해 너희가 단 둘이서 만날 자리라도 만들어볼게."

전철과 버스도 두 시간이나 걸려…….

카토…… 아니, 카노 메구리라는 메인 히로인은 이곳에, 추억을 주우러 왔다.

그것도 주인공이 아니라, 다른 히로인과의 추억 말이다.

"그러니까~, 아키 군에게 그런 걸 부탁하는 건 근본적으로 잘못된 짓이라구~."

"아니, 하지만 이대로 있다간 너희는……."

이건 주인공과 두 사람 만의, 미소녀게임의 필수 이벤트

같은 요소는 아닐지도 모른다.

"아~ 하지만…… 만약, 에리리도 그걸 원한다면…… 한 번 부탁해볼까~."

"그렇게 해……. 아니, 그렇게 해줘. 안 그러면 내 위가 버티지를 못해."

하지만 그것도, 메인 히로인의 인생을 꾸며주는 중요한 요소이자…….

"그렇지만 에리리는 정말 그렇게 생각하고 있을까……."

"아~, 적어도 나도 확실하게 알진 못해. 아니, 직접적으로도 그 녀석이 말할 때까지는 믿지 않을 거야."

그녀가 결코 기호 같은 것이 아니라, 살아있는 인간이라는 증거처럼 느껴졌다.

※　※　※

그리고, 로쿠텐바 몰에서 나와 두 시간 정도 흐른 후.

우리는 땅거미가 드리워진 시간이 되어서야 겨우 마을에 돌아왔다.

"아, 별 발견했어. 태백성#2일까?"

"아, 방금 그 대사에서는 20세기의 정취로 가득 차 있어서 좋네. 샘플 대사로 쓸게."

#2 **태백성** 저녁 때 서쪽 하늘에 보이는 금성(金星).

"어, 방금 그거, 혹시 30금 같았어?"

날씨가 꽤 따뜻해진 5월의 하늘은 저녁 시간대인데도 살짝 땀이 날 만큼 뜨거운 바람을 우리에게 전해주고 있었다.

그리고 우리 둘은 어둑어둑하면서도 붉은 하늘 아래에 존재하는 평소와 다름없는 탐정언덕을 나란히 서서 천천히 올라가고 있었다.

그건 그렇고, 오늘은 정말…….

"오늘은 정말 즐거웠어~."

"나는 중간부터 좀 무서웠다고…….”

"뭐~?"

응, 확실히 즐겁고, 기뻤다.

메인 히로인용 아이디어를 축적했다는 의미에서도, 연휴 기간 중에 제대로 된 기분 전환을 한 번이라도 했다는 의미에서도…….

그리고, 뭐…… 오늘 같은 이벤트의, 본래 의미에서도 말이다.

"카토, 너 말이야. 역시 이오리가 전에 말한 것처럼 요즘 들어 약간 부담스러워진 거 아냐?"

하지만, 오늘 나를 상대해준 메인 히로인에 대한 인식을 바꿔야 하지 않을까 하는 생각 또한 들었다.

"우와아, 큰일 났네……. 혹시 아키 군 때문에 미소녀게임

시공간에 빨려든 건지도 몰라."

"아니, 그 편이 메인 히로인으로서는 훨씬 매력적인 것 같으니 나쁘지 않다고 생각해."

"어~, 그런 성격은 메인이라기보다 히든 캐릭터 같지 않아? 불치병에 걸렸다거나, 실은 병원에서 계속 잠만 자고 있는 유체이탈 캐릭터 말이야."

오늘 이 이벤트를 통해, 우리의 신작인 『시원찮은 히로인을 위한 육성방법(가제)』은…… 특히, 카노 메구리 루트는 대폭적인 수정이 필요하게 되었다.

그렇다. 처음에는 완전무결한 메인 히로인으로서 설정되어 있던 카노 메구리가, 현재 내 머릿속에서는 정통파에서 벗어나고 있었다.

그 이유는 모델이 된 여자애, 카토 메구미에 대한 인상도 『약간 존재감 없는 클래스메이트B』라는 이미지에서 벗어나고 있었기 때문이다……

오늘 카토는 마치 도깨비 상자 같았다.

처음에는, 평소와 마찬가지로 남들에게 잘 어울려주고, 이성으로 느껴지지 않는 여자애.

그 뒤를 이어, 말끝마다 독침을 날려대는, 약간(?) 거무튀튀한 얀데레 히로인.

게다가, 추억과 기억을 긁어모아, 그리움과 안타까움을 자아내는 운명적 히로인.

겸사겸사, 여자애의 연약함과 교활함이 은근슬쩍 배어나오는, 보호욕구를 자극하는 골칫덩이 타입 히로인.

멍한 표정 안에 그런 많은 표정을 지니고 있으며, 상황에 따라 그런 것들을 꺼냈다 쏙 숨기는, 미스터리어스한 소녀.

그렇다. 마치 메구리와 루리…… 그리고, 여러 히로인을 마음속에 감추고 있는 듯한…….

……아니, 뭐, 오늘의 아이디어 축적이라는 목적을 위해 일부러 그런 식으로 행동해준 걸지도 모르지만 말이다.

"저기, 카토……."

"응?"

"카노 메구리 루트 말인데…… 재미있는 이야기가 될 것 같아."

"으음, 메구리가 실은 유체이탈 캐릭터라는 건 안 돼."

"걱정하지 마. 아마 오늘 카토가 나한테 보여준 모습과 똑같을 거야."

"그래서 『재미있어』지는 것도 좀 그런데……. 그래도 서클로서는 잘 된 거야?"

"그래. 카토가 진정한 메인 히로인이 되는 날도 멀지 않았을지도 몰라."

카토는 아마 평범한 여자애라면 절대 칭찬으로 받아들이

지 않을 내 말을 듣더니, 작게 웃음을 터뜨렸다.

"그럼…… 마지막으로 메인 히로인다운 짓을 조금만 더 해볼까요~."

"카토……?"

그리고 우리가 언덕의 꼭대기 근처에 도착한 순간…….

"저기, 잠시만 녹음기를 꺼주면 안 될까?"

"어, 왜……."

카토는 묘한 지시를 내린 후, 빠른 걸음으로 앞장서더니…….

언덕 위쪽에서 나를 상냥한 눈길로 내려다봤다.

……뭐, 실은 저녁노을 때문에 그녀의 표정이 명확하게 보이지는 않았지만 말이다.

"저기, 아키 군…… 아니, 토모야 군."

하지만 그 순간의 목소리가, 그 말이…….

나에게 카토의 표정을 연상시켜줬다.

"기억해……? 그 후로 딱 1년이 지났잖아."

"카토……."

그야 물론 기억하고 있다.

그때도 나는 플롯이 생각나지 않아 고생하고 있었지.

"지금의 나는 그때보다, 네 이야기 속의 히로인에 가까워

졌을까?"

그때, 원래라면 카토는 홋카이도에 있어야 했다.

그런데 위기에 처한 나를 보다 못한 나머지 가족보다 나를 우선시하며 돌아와 버렸다.

"너한테 도움이, 되고 있을까?"

그리고 말로 다 못할 만큼 큰 도움이 되어 줬다.

"그리고, 기억해……? 그 후로 거의 한 달이 지났잖아."

"아…… 잠깐만, 어이……."

그야…… 잊고 싶어도, 잊을 수 있을 리가 없었다.

그것도 그럴 것이, 당시의 나는 카토가 보는 앞에서, 엉엉 울어 버렸으니까 말이다.

"지금의 나에게는, 코디네이터^{에리리}도, 연기를 지도해줄 선생님^{카스미가오카 선배}도 없지만……."

하지만, 카토는…….

"그래도, 네 기운을 북돋아주고 있을까?"

부끄러움에 사로잡히려 하는 나에게, 변함없이 자애로운 목소리로 말을 건네고 있었다.

"서클에 있어, 너에게 있어 필요한 인간이 되고 있을까?"

나의, 이상적인 히로인으로 존재해주고 있었다.

"나는, 카토가……."

정말, 정말······.

오늘의 카토는 마치 도깨비 상자 같았다.

멍하고 잘 어울려주며 이성으로 느껴지지 않고, 말에 가시가 돋쳐있으며 속이 검고 그리운 느낌이 들며, 사랑스럽고 연약하며 교활하고 성가시며······.

"······메구미가 있어주면, 왠지 이길 수 있을 것 같은 느낌이 들어."

그리고, 이렇게 믿음직했다.

"그러니까, 앞으로도······ 잘 부탁해. 같이 피를 토하자고."

그건 그렇고······ 녹음기를 끄기 정말 잘했다.

이 끝내주게 부끄러운 대사를, 두 번 다시 듣고 싶지 않으니까 말이다.

"······같이 힘내자, 토모야 군."

"그래······."

"둘이서, 그리고 모두와 함께······ 이번에야말로 최고의 게임을 만드는 거야."

"그래······!"

그건 그렇고······.

녹음기······ 왜 꺼버린 거야. 나는 정말 바보라니깐.

『하시마 이오리를 서클에 영입했다면서?!』

"……벌써 그 정보를 들은 거야? 빠르네~."

연휴가 끝나고 일주도 채 지나지 않은, 토요일 오전 아홉 시.

연휴 동안 쌓인 피로를 풀기 위해서 방에서 퍼질러 자고 있던 나는 스카이프의 착신음을 듣고 깼다. 그리고 졸린 눈을 비비면서 쳐다본 PC모니터에 비친 이는, 나보다 더한 지옥을 헤쳐 나왔는지 졸려 죽으려 하고 있는 체육복 차림의 에리리였다.

『너야말로 왜 그렇게 느긋한 거야! 인터넷 안 봤어? 동인 업계에서는 난리가 났다구! 뭐, 하시마가 퍼트리고 다닌 거겠지만 말이야!』

"아……."

뭐, 그 소문의 근거지와 내용, 그리고 전파 속도는 그 녀석^{이오리}

다웠다.

항상 「프로듀서에게 가장 필요한 건 인맥이야. 그러니 자신이라는 존재를 주위에 알리는 것에 거부감을 느낄 필요 없어.」하고 주장했으니까 말이다.

그리고 에리리의 말을 듣고 인터넷을 검색해보니, 확실히 난리가 벌어지고 있었다.

게다가 주로 그 녀석이(나쁜 의미에서) 엄청 인기 있는 2채…… 익명 게시판 쪽이 엄청났다.

확실히 표면적으로 본다면 같은 장르에서 엄청난 경합을 벌였던 라이벌 서클에 이적한 것이다. 그런 만큼 여러모로 재미있는 예측이 게시판에 올라오고 있었다.

스카우트라느니, 내부 붕괴라느니……. 특히 「코사카 아카네가 드디어 『rouge en rouge』를 버렸기 때문에 다른 중심 멤버가 가라앉는 배에서 도망치는 쥐새끼 상태」라는 망상이 재미있었다. 요즘 들어서는 코사카 아카네가 서클에 거의 관여하고 있지 않은데 말이다.

『어째서야? 이유가 뭐냐구, 토모야! ……아니, 뭐, 내가 이런 소리를 하는 건 룰 위반일지도 모르지만 말이야.』

"전에도 말했지? 최강의 미소녀게임을 만들기 위해서야. ……그 외의 다른 이유는 없어."

「맞아. 룰 위반이라고!」 하고 말하면 또 말싸움이 벌어질 것 같았기에 대충 얼버무렸다.

하지만 방금 그 말에도 거짓은 전혀 섞여 있지 않았다.

결국 두 번째 프레젠테이션 후, 이오리는 우리 서클에 가입하는 걸 승낙했다.

하지만 내가 뜯어고친 메구리 루트의 플롯에 대해 그 녀석이 어떤 평가를 내렸는지는, 승낙이라는 결과를 통해 판단할 수밖에 없었다.

왜냐면 그 녀석은 플롯을 끝까지 읽은 후, 「그럼 앞으로 잘 부탁해, 토모야 군.」하고 말하면서 손을 내밀기만 했을 뿐, 그 어떤 감상도 말하지 않은 것이다.

아무튼, 『blessing software』차기작 『시원찮은 히로인을 위한 육성방법(가제)』의 프로듀스, 디렉션, 홍보 및 걸즈 밴드 『icy tail』의 프로듀스는 전 『rouge en rouge』 대표인 하시마 이오리가 담당하게 됐다. 이것으로 제작 체제는 완벽해진 것이다.

참고로 이오리는 서클 대표와 밴드 매니저라는 직함을 이어받는 것에 있어서는 「나는 배후 인물이니까」라는 이유로 한사코 거절했다.

……아니, 그런 녀석이 대놓고 세간에 정보를 퍼뜨리냐? 그 녀석, 배후 인물이라는 말의 의미를 알기는 하는 거야?

『그건 그렇다 치더라도 네가 그 녀석을 제어할 수 있겠어?』

"반대야. 그 녀석이 나를 제어할 수 있는지 없는지가 승부처라고."

『……너희 둘, 역시 과거의 인연이나 애증 같은 걸 품고 있는 거 아냐?』

"그런 거 없어! 네가 상상하고 있는 관계는 중학생 때부터 전혀, 진짜로, 눈곱만큼도 존재하지 않아!"

뭐, 우증(友憎)(우정이 아니다)이라는 말이 존재한다면, 그 정도는 약간 존재할지도 모르지만…….

하지만 지금은 과거의 일을 전부 지나간 일로 여……길 수 있을지는 앞으로 그 녀석이 어떻게 나오는지에 달렸지만, 일단 두고 보기로 했다.

『정말 괜찮겠어……?』

"너는 내 걱정 말고 자기 걱정이나 해. 일전의 캐릭터 디자인 작업은 잘 되고 있어?"

『맞아! 내 말 좀 들어봐, 토모야! 카스미가오카 우타하는 정말…… 아, 그리고 마르즈의 선전 프로듀서와 제작 진행은 정말~!』

"또냐……."

뭐, 이렇게 나를 향한 문책 타임이 끝나자, 그 후에는 에리리에게 있어 정례행사가 된 푸념 타임이 시작되었다.

일전의 『40명이나 되는 캐릭터의 설정』을 골든위크 동안 죽을힘을 다해 끝낸 에리리에게 찾아온 그것보다 더한 시런…….

그것은 바로 이번 주 일요일…… 즉, 내일 개최되는 마르즈 주최 팬 감사 이벤트 『필즈 크로니클 20th Anniversary』용 키 비주얼 마감이었다.

"……잠깐만 있어봐. 그래서는 말이 안 되잖아."

『맞아! 마르즈는 진짜 무모한 짓을 마구마구 강요해댄다니깐! 작업 기간이 실제로는 사흘 밖에 안 된다구! 작품의 첫 인상을 정하는 키 비주얼을 이딴 일정으로 진행한다는 게 말이 돼?!』

"중요한 걸 묻겠는데, 처음으로 그 오퍼가 들어온 건 언제야?"

『으음, 첫 회의 때? 토모야가 배웅 나왔던 날 말이야.』

"……한 달 이상 전이네."

아니, 그 정도면 시간을 최대한 준 거라고 생각하는데…… 제작 진행 담당은 정말 고생이 많군.

『하, 하지만! 캐릭터 디자인이 끝나지 않으면 키비주얼을 그릴 수 없다구!』

"메인 캐릭터만 완성해서 키비주얼을 그린 후, 서브캐릭터 디자인을 계속하면 되잖아."

『……아~. 그런 방법이 있었네~.』

"……어이."

『그래. 그렇게 생각했으면 됐네. 그랬으면 키비주얼 작업을 하면서 그렇게 고생하지 않았어도 됐을 거야.』

　……뭐, 덕분에 전부터 품고 있던 수수께끼가 풀렸다.

　연휴가 끝난 후부터 에리리 녀석이 교실에서 누가 말을 걸어도 전부 무시하며 노트에 러프 같은 그림만 계속 그려댄건 이 때문인 건가.

　"뭐, 그래도 끝났으니 다행이네. 내일 이벤트 정말 기대되지? 인터넷으로 생중계 된다면서?"

　『아~, 그 이야기는 하지 마. 지금은 일 같은 건 생각도 하기 싫어~.』

　"……넌 여전히 제멋대로구나."

　바로 직전까지는 일 관련 푸념을 마구 쏟아댔으면서 말이다.

　『그것보다 토모야……. 일전에 메일로 했던 말, 진짜지?』

　"뭐 말이야?"

　『그, 그러니까, 메구미와…….』

　"아, 나만 믿어. 메구…… 카토 쪽도 너와 만날 마음이 있는 것 같아."

　『……메구?』

　"다음 주 쯤에 자리를 마련할게! 그 대신, 나는 합석하지 않을 거야. 너희 둘을 만나게 해주는 걸로 내 역할은 끝이라고!"

　『으, 응…… 다행이야……. 시, 실은 그것 때문에 너무 걱정이 되어서 좀처럼 일이 손에 잡히지 않았어…….』

"……어이, 힘내라고."

에리리는 현재 자신이 참가한 대형 프로젝트보다, 메……
카토와 멀어지고 말았다는 사실을 더 신경 쓰고 있었다.

『응, 힘냈어……. 토모야의 메일을 보고, 의욕이 생겨서 겨
우겨우 키비주얼을 완성했다구…….』

"나, 마르즈 쪽의 접대를 받아도 될 것 같은데?"

뭐, 20주년 기념 타이틀의 캐릭터 디자이너로 발탁됐으면
서도, 필즈 크로니클 시리즈의 운명보다 반년 전에 시작된
여자들 간의 우정을 더 신경 쓰는 게 이 녀석 답지만 말이
다.

『아무튼 메구미를 잘 부탁해! 나, 일단 맡은 일을 다 끝냈
으니 다음 주에는 언제든지 시간을 낼 수 있을 거야!』

"그래. 메…… 카토에게 언제 시간이 되는지 물어보고 바
로 연락할게."

『………….』

"그, 그럼 서로 힘내자고! 우리 서클의 신작도 엄청날 것
같아!"

『아, 응. 기대할게. ……뭐, 하시마 남매가 제작에 참여한
게 마음에 안 들지만 말이야.』

"……또 보자."

『응. 다음 주에 학교에서 봐.』

에리리는 푸념과 애원을 마구해댄 후, 하품을 크게 하면서 스카이프를 껐다.

일단 이야기를 들어보니, 일 쪽은 푸념을 늘어놓으면서도 순조롭게 진행되고 있는 것 같았다.

그리고 두 여자애의 화해 쪽도 돌파구가 보이기 시작했다.

아무튼, 현재 내 주위는 순풍에 돛 단 듯 잘 풀리고 있었다.

⋯⋯그건 그렇고, 연휴 이후로 카토를 『메구미』라고 부르게 된 걸 어떻게 해야겠는걸.

에필로그 2

『……하시마 양의 오빠를 멤버로 영입했다면서?』

"오늘 에리리와 회의하는 날이죠? 맞죠?"

그리고 같은 날, 오후 열한 시.

연휴 동안 쌓인 피로를 풀기 위해 방에서 퍼질러 자던 나는 스마트폰의 착신음을 듣고 깼다. 그리고 졸린 눈을 비비면서 쳐다본 스마트폰 착신화면에는 『우타하 선배』라는 글자가 표시되어 있었다.

……퍼질러 잤다는 표현을 통해 내 수면 시간을 추측하지는 말아줬으면 한다.

『윤리 군이 서클에 남성을 삽입하다니…… 이제 너를 불륜리 군 아니, 부윤리(腐倫理) 군이라고 불러야 하는 거야?』

"죄송하지만 음성만으로는 무슨 소리를 하는 건지 전혀 모르겠습니다."

아무튼, 우타하 선배는 오늘도 정상 가동 상태였다.

『그래. 플롯이 완성됐구나.』

"예. 꽤 잘 썼다고 자부해요."

『……드디어 카토 양과 만든 거지? 공동 작업한 거지? 결국 마지막 선을 넘고 만 거지?』

"예! 드디어 플롯 작성을 공동으로 했어요! 그 외의 다른 일은 전혀 없었지만요!"

『……나는 이제 필요 없는 거네. 너와는 함께할 수 없게 된 거네. 윤리 군의 추억 속에만 존재하는 여자가 된 거네…….』

"선배도 한창 플롯 짜느라 바쁘잖아요! 나를 도와줄 여유는 없잖아요!"

『뭐, 그렇긴 해~.』

<small>그럼 나만 괴롭히지 말라고요</small>
"끄럼 나망 꾀로피지 마라꼬요~."

『하지만 나도 연휴 다음날에 윤리 군과 함께 가버렸더니, 지금은 탈진한 상태야.』

"같은 시기에 플롯을 제출했다는 일을 그렇게 이상하게 표현하지 말아주세요. 선배는 소설가잖아요?"

『일단 이벤트 전에 마무리 지어서 안심이야. 만약 캐릭터 시안보다 플롯이 늦어졌다면 얼간이 디자이너에서 무슨 소리를 들었을지…….』

"아, 그러고 보니 내일 필즈 이벤트에서 선배와 에리리의 신작 PV가 공개되죠?"

『……사와무라 양이 윤리 군에게 이야기한 거야?』

방금까지만 해도 계속 정상 가동되던 우타하 선배는…….

"응? 아, 예. 서클 활동 때문에 다들 내 방에 모일 거니까, 다 같이 인터넷 중개를 볼까 해요."

『볼 거야? 서클 멤버 전원이 함께?』

왠지 내일 이벤트에 대한 이야기를 시작한 순간, 갑자기 목소리에 미묘한 무언가가 섞이기 시작했다.

"예. 뭐…… 옛 멤버들의 경사스러운 자리잖아요. 뭐예요. 선배는 아직도 그 일을 신경 쓰는 거예요?"

『아, 아니 그런 게 아니라……. 아니 최종적으로는 그런 걸 지도 모르지만…….』

"……무슨 말이 하고 싶은 건지 모르겠는데요."

그것은 뭐랄까 부끄러워하고 있는 것이나, 겸손해 하는 것 과도 조금 달랐다.

마치 내일 이벤트를, 진짜로 나에게 보여주고 싶지 않은 듯한…….

『잘 들어, 윤리 군……. 사와무라 양은 말이지. 진심으로 너희를 걱정하고 있어. 너희가 성공하기를 진심으로 바라고 있어.』

"……우타하 선배?"

그리고 그 뒤를 이어 그녀의 입에서 나온 것은…….

앞의 이야기와는 아무런 관련도 없는, 에리리를 감싸는 말들이었다.

『하지만, 하지만 말이야……. 지금의 사와무라 양은 네가 알고 있는 사와무라 양이 아냐.』

"잠깐만요. 세뇌와 NTR과 능욕 절정 더블 브이 사인 같은 걸 연상하게 하는 소리를 왜 하는 거예요?!"

『……뭐, 인간적으로는 지금도 여전히 얼간이지만 말이야.』

"하아, 우타하 선배. 이제 그만 놀리라……."

『그러니까 무슨 일이 있어도, 그녀의 적이 되지 마. 하다못해 라이벌로 있어줘.』

"예……?"

우타하 선배의 목소리는 희미하게 떨리고 있었다.

『지금의 그녀를, 받아들여줬으면 해.』

약간 슬픈 듯이, 약간 쓸쓸한 듯이.

『너도, 하시마 양도…… 그리고 카토 양도 말이야.』

그리고…… 약간, 기쁜 듯이…….

에필로그 3

우타하 선배의 수수께끼 같은 말의 의미를 알게 된 것은, 다음날, 일요일 오후 네 시 반 경······.

서클 활동을 잠시 쉬며『필즈 크로니클 20th Anniversary』이벤트의 생중계를 보다 알게 되었다.

『여러분 오래 기다리셨습니다! 지금부터 필즈 크로니클 최신작, PV 제1탄을 공개하겠습니다!』

사회자가 그렇게 말한 순간, 게스트들이 올라와 있는 스테이지의 영상이 갑자기 검은색으로 변했다. 그 뒤를 이어『속보!』라는 커다란 흰색 글자가 화면에 떠올랐다.

『필즈 크로니클XII로부터 2년.』

『새로운 세계, 새로운 모험, 새로운 연대기.』

『그리고, 새로운 호화 스태프가 전해드리는 새로운 필즈 크로니클.』

　그 뒤를 이어 소재가 부족한 상황에서 만든 퍼스트 PV에서 흔히 쓰이는 선동 문구가 쭉 나오면서 행사장에 있는 관객과 PC 앞에 있는 시청자들을 기대하게 만들었다.

『기획 마르즈, 코슈 기획.』

　이어서 눈치가 빠른 일부 인간들이『호화 스태프』의 정체를 눈치챘는지, 객석이 술렁거리기 시작했다.

『설정·스토리 원안·캐릭터 원안 코사카 아카네.』

　그리고 행사장 전체가 엄청난 환성에 휩싸이더니, 그 환성에 호응하듯, 화면이 화려한 비주얼로 가득 찼다.
　자, 이제부터가 그 녀석의 활약이 시작되겠지……
　"뭐야~. 카스미가오카 선배와 사와무라의 이름은 안 나왔잖아~."
　미치루는 아쉽다는 듯 한숨을 내쉬었다.
　뭐, 이 녀석에게 있어서는 아름다운 그림보다 지인의 이름이 더 중요하리라.
　"우와, 진짜배기야~! 순도 100% 진짜 카시와기 에리라고요!"

"응…… 그래."

"에리리……가 그린 거네."

하지만 나에게 있어 아니, 나와 이즈미와 카토에게 있어서는 지금 화면에 나오고 있는 이 비주얼이야말로 최고의 주목 포인트다.

처음 등장한 것은 주인공으로 보이는 흑발 청년의 클로즈업된 그림이었다.

예리하면서도 상냥한 듯한 표정은 『cherry blessing』의 주인공인 아즈미 세이지를 연상케 했다……는 건 내가 호의적으로 보고 있기 때문일지도 모른다.

꽤 세련되기는 했지만 그것은 틀림없이 『cherry blessing』을 함께 만든 에리리…… 아니, 카시와기 에리의 그림이었다.

게다가 그 게임의 종반부 원화인 『에리리의 일곱 장』에 필적할 만큼 기합이 잔뜩 들어가 있었다.

……그런 식으로 느긋하게 감격할 시간은 없었다.

나는 좀 더 천천히 보고 싶다는 희망을 품었지만, 짧디 짧은 PV에는 벌써 다음 캐릭터가 나오고 있었다.

다음에 나온 인물은 메인 히로인 같은 느낌의 금발 롱헤어 캐릭터였다.

"메인 히로인은 금발이네요……."

"하지만 롱헤어야."

"그 두 사람, 무슨 일이 있었던 게 분명해……."

이 메인 히로인의 캐릭터 조형 관련으로 발생했을 골 때리기 그지없는 내부 사정이 훤히 짐작이 되었기에, 무심코 그 참상을 상상하고 말았다.

……같은 짓을 할 여유는 없었다.

그 후에는 각 캐릭터에 대한 감상을 밝히는 게 불가능해졌다.

다음 순서…… 즉 서브 캐릭터가 나오면 나올수록 그림 한 장 한 장에게 할당된 시간이 짧아지면서, 눈으로 각 캐릭터의 특징을 파악하는 것도 어려워졌다.

어이, 이건 PV로서는 완전 꽝이잖아…….

아무리 캐릭터를 잔뜩 준비했다고 해도, 캐릭터 한 명 한 명의 인상을 보는 이들에게 각인시키지 못한다면, 그 프로모션은 성공했다고 할 수 없다.

모처럼 에리리가 이렇게 많은 소재를 준비했는데…….

"어? 어, 어, 어……?"

"이즈미, 왜 그래?"

내가 PV의 구성에 대해 혼잣말을 하고 있을 때, 옆에서 보던 이즈미의 목소리가 어째선지 떨리기 시작했다.

"토모야 선배…… 이 그림, 연결되어 있지 않나요?"

"뭐?"

"배경 좀 보세요……. 틀림없어요! 이어져 있어요!"

『조작 가능한 캐릭터는 40명 이상!』
『복잡하게 뒤얽힌 중후한 시나리오!』

흔한 선동 문구와 함께, 또 캐릭터가 클로즈업된 그림이 계속해서 나왔다.

하지만 지금은 캐릭터가 아니라, 이즈미의 말이 맞는지 틀린지 확인하기 위해 배경에 주목했다.

"아……."

그리고, 눈치챘다.

……이것은 지그소 퍼즐의 조각이다.

"이거, 분명 한 장의 그림이에요……."

"말도, 안 돼……."

내가 숨소리에 가까운 목소리로 그렇게 중얼거린 순간……

『필즈 크로니클ⅩⅢ 올해 겨울 발매 예정.』

그 마지막 선동 문구와 함께 화면에는 한 장의 키비주얼이 표시되었다.

그 순간 객석이 술렁인 건 『올해 겨울 발매 예정』이라는 문구 때문일까, 아니면 키비주얼에 존재하는 트릭을 눈치챘기 때문일까…….

그것은 이즈미가 말한 대로『한 장의 그림』이었다.
캐릭터 설정화가 마흔 장인 게 아니었다.

한 장의 그림 안에 정교하게 그려진 캐릭터가 마흔 명이나 존재한 것이다.
그것은 설정화나 스탠딩CG가 아니라 한 장의, 그리고 40장의 이벤트CG다.
한 명 한 명의 몸 전체가 그려져 있고, 한 명 한 명에게 움직임이 존재했다.
그들은 한 장의 그림 안에서 이야기하고 웃고 으르렁거리고, 어깨를 부둥켜안고 다투며…… 하나의 이야기를 창조하고 있었다.

저, 바보 녀석!
제1탄 키비주얼에 지나치게 에너지를 쏟아 부었잖아!

이런 건 더 이상 회화(繪畵)가 아니라…… 벽화다.

"이게 카시와기 에리의 실력인가요……? 저는 이런 사람과 비교당해야 하는 건가요……?"

"이, 이즈미……?"

이즈미는 떨고 있었다.

그녀는 도전 정신을 불태우며 떨고 있는 것이 아니었다.

언제나 밝고, 긍정적이고, 도전적이었던 그녀의 얼굴이 새파랗게 질려 있었다.

우타하 선배가 말했던 『지금의 에리리』라는 말의 의미가 뼛속까지 새겨졌다.

재능만이, 엄청난 속도로 꽃핀 그녀는 자신의 실력을 이해하지 못하고 있다.

그렇기 때문에 이렇게 엄청난 일을 해내고도, 나나 절친과의 화해만 신경 쓰고 있었다.

자신의 재능이, 주위에 끼치는 영향을.

자신이 가장 신경 쓰고 있는 이들이 받을 충격을.

짐작조차 하지 못하고 있는, 유치한 천재의 잔혹함…….

"………."

"아키 군……."

"………."

"아키 군……!"

"윽?! 아, 으음 저기……."

카토가 몇 번이나 나를 불렀는지, 알 수가 없었다.

하지만 카토 또한, 아마도 자신이 나를 몇 번이나 불렀는지 알 수 없으리라.

왜냐면, 그 연휴 마지막 날 이후로 카토는 어제까지 나를 『토모야 군』이라고 불렀으니까······.

"정말······ 뭘까."

그리고 카토가 망연자실한 표정으로 중얼거린 말은······.

아니, 그 목소리는 어제와 달랐다.

그녀의 목소리에 담겨있는 것은 절친이 자신을 두고 갔다는 사실에서 우러난 쓸쓸함과, 안타까움.

그리고 자신을 알아주지 않는 절친을 향한 짜증이었다······.

■작가 후기

안녕하십니까. 마루토입니다.

『시원찮은 히로인을 위한 육성방법』, GS^{걸즈 사이드}가 나오면서 조금 늦어졌습니다만, 드디어 여러분에게 전해드리게 되었습니다. 이것이 제2부 시작을 알리는 8권입니다.

……7권 후기의 복붙으로 시작해봤습니다. 여러분은 어떻게 지내고 계신지요. 저는 이런 재탕으로 후기 분량을 채워야 할 만큼 시간적으로 궁지에 몰려 있습니다.

이것도 애니메이션이 끝난 탓에 발생한 전부 불태워 버렸어 증후군…… 아, 전부 불태워버리는 것도 허용되지 않을 만큼 밀린 일감 때문이죠. 스케줄 관리도 제대로 못해 죄송합니다. 다음 주 월요일까지는 반드시……(누구한테 변명을 하는 건지는 굳이 밝히지 않는 스타일).

뭐, 그런 고로, 드디어 만반의 준비 끝에…… 라고 할 만큼 시간을 둔 느낌은 전혀 없습니다만, 아무튼 8권이 나왔습니다.

원래 7권 후기에서 8권에 대한 포부랍시고 「원래의 작풍으로 돌아간다」, 「그 두 사람을 충분히 등장 시킨다」, 「이번에 야말로 모 후배도 부각시킨다」고 했습니다만 아직 달성하지 못했다고 생각합니다. 여러분은 어떻게 보시나요?

뭐, 완성된 작품을 읽어보니, 결국 가장 눈에 띄는 건 7권에 이어 『시원찮은 히로인』, 카토라는 점은 저도 예상하지 못한 사태입니다.

아니, 탈고 일주일 전, 그러니까 5장까지 썼을 때까지는 카토가 이렇게 후반부에서 계속 등장할 거라고는 꿈에도 생각 못했습니다(스케줄 면에 대해 깊게 파고들지 말 것). 「원고를 절반 이상 쓰고도 플롯이 정해지지 않았다고? 거짓말이지?」 하고 생각하는 분도 계시겠지만, 창작이라는 건 무슨 일이 일어날지 모르는 겁니다…… 뭐, 이번 권에서 카토 다음으로 눈에 띤 게 어디 사는 남자 캐릭터라는 건 뜻밖이 아니라, 그저 억지스러운 편집…… 전개의 필연성이지만요.

자, 원작자의 변명은 충분히 한 것 같으니 다음은 애니메이션에 관한 이야기…… 여러분, 응원해주셔서 감사합니다. 덕분에 속편 제작이 결정되었습니다.

그리고 처음부터 분할 2쿨로 가기로 정해져 있었기에 「아, 안 돼. 아직 웃지 마…… 참아. 하, 하지만…….」 같은 생각을 한다거나 하는 상황에는 처하지 않았습니다. 왜냐하면 이 속편 결정은 진짜로 목표 숫자를 향해 노력한 끝에 이룩

한 결과거든요. 진짜예요.

즉 무슨 말이 하고 싶은 것이냐면 다음에 어디까지 만들 수 있는지, 언제 만들 수 있는지 그 원작 에피소드는 어떻게 넣을 거야 같은 것은 완벽한 백지 상태입니다. 즉 이제부터 생각해야 하며, 진짜로 우리의 싸움은 이제부터야 상태이니 시원찮은 제작위원회의 다음 작품을 기대해 주십시오. 진짜로요.

그럼 입고 기한이 코앞까지 다가왔으니 마지막으로 감사 인사를 드리겠습니다!

미사키 씨, 이번에는 진짜로 당신의 작업 시간을 마구 갉아먹어 죄송합니다.

영상매체의 패키지를 그리면서 끈기 있게 기다려주셔서 정말 감사합니다.

하지만 우타하 허그 베개 BOX의 시추에이션은(유저로서는 최고겠지만), 동침 보이스를 생각해야 하는 입장에게 있어서는 지옥이었습니다. 그거, 대체 어떻게 벗은 거예요? 사흘밤낮으로 잠도 자지 않으면서 생각했지만 끈 팬티가 아닌 이상은 무리인 것 같던데요?

하기와라 씨, 탈고 일주일 전에는 신세 많이 졌습니다. 「이야, 아직 라스트까지의 과정을 생각하지 않아서요~.」라고 제가 말했을 때 하기와라 씨가 지은 표정은 정말 끝내줬습니다.

　다음 권부터는 뚜껑 열리기 일보 직전인 상태에서 해주신 『플롯이란 어떤 것인가』를 가슴에 새기며 열심히 하겠습니다. 앞으로도 많은 지도편달 부탁드립니다.

　그럼 9권에서 다시 뵙겠습니다.

2015년, 초여름
마루토 후미아키

■ 역자 후기

안녕하십니까. 근로청년 번역가 이승원입니다.

『시원찮은 그녀를 위한 육성방법』 8권을 구매해주셔서 진심으로 감사드립니다.

2016년이 밝았습니다!

……정확하게는 두 달이 지나가고 있지만요.^^

원래 새해를 맞아 새 마음 새 뜻으로 살 생각이었습니다만, 일에 치이다 보니 정신이 없습니다.

신년 목표는 『주6일 일하고 일요일 하루 푹 쉬기!』였습니다만, 곰곰이 생각해보니 올해 들어서 일요일에 쉰 적이 없네요. 물 대신 박카스를 마시고, 담당 편집자님들한테서 연락이 오지나 않을까 오들오들 떨며 컴퓨터 앞에 앉아서 죽어라 일만 했습니다.

요즘에는 라면조차 끓여먹을 시간이 없어서 생라면에 분노의 템프시롤을 날린 후, 라면 수프 뿌려서 씹어 먹을 때가 더 많네요.

제 소울 푸드인 돼지국밥도 못 먹은 지 꽤 됐습니다. 이제 슬슬 금단증상이 올 것 같네요. 이 마감만 해치우고 나면, 국밥과 국밥육수에 삶은 국수사리를 식혜 폭풍흡입을 하러 가야겠습니…… 아, 다음 마감이 코앞이네요. 망했습니다.ㅠ ㅜ

그럼 이번 8권에 대한 이야기를 조금 해볼까 합니다.
스포일러가 포함되어 있을 수도 있으니 유의해주시길!

이번 8권은 신생 『blessing software』가 새로운 게임을 제작하기 위해 플롯을 작성하는 내용입니다.

그 과정에서 새로운 멤버들의 이야기가 다뤄지고 있습니다. 그 중에는 예상했던 인물도 있고, 완전 뜻밖의 인물도 있습니다. 그리고 에리리와 우타하가 빠지면서 엄청난 타격을 입은 『blessing software』는 다시 나아갈 수 있는 힘을 얻게 됩니다.

하지만 그 과정에서 가장 큰 활약은 뭐니 뭐니 해도 카토가 아닐까 합니다. 한 때 토모야와 완전히 단절되었던 그녀는 서클의 양대 축이 빠져나간 상황에서도 서클에 남아 그의 곁을 지켰습니다.

그리고 그 후로 존재감이 무지막지하게 폭발했죠. 솔직히 말해 이제는 『스텔스 카토』, 『존재감이 없다』, 『캐릭터가 약하다』 같은 소리는 못할 것 같습니다.^^

과연 다른 히로인들은 이대로 당하고만 있을지, 특히 카토 이상으로 존재감이 없다는 평가를 받던 모 후배는 불사조처럼 날아오를지, 정말 기대됩니다!

　그럼 이만 줄이겠습니다.

　이 작품을 저에게 맡겨주신 L노벨 편집부 여러분. 감사합니다. 앞으로도 잘 부탁드립니다.

　밥도 안 챙겨먹으면서 일하고 있다는 사실을 알고 통닭을 사온 악우여. 왜, 왜, 내 방에 있는 양주를 향해 손을 뻗는 건데?! 그건 작업주(?)라고!

　마지막으로 언제나 제게 버팀목이 되어주시는 어머니와 『시원찮은 그녀를 위한 육성방법』을 읽어주신 모든 분들에게 진심으로 감사드립니다.

　표지부터 여러모로 위험한(어이-_-) 9권 역자 후기 코너에서 다시 뵙겠습니다!

2016년 2월 말
역자 이승원 올림

시원찮은 그녀를 위한 육성방법 8

1판 1쇄 발행 2016년 4월 10일
1판 6쇄 발행 2018년 3월 23일

지은이_ Fumiaki Maruto
일러스트_ Kurehito Misaki
옮긴이_ 이승원

발행인_ 신현호
편집국장_ 김은주
편집진행_ 최은진 · 김기준 · 김승신 · 원현선 · 김솔함 · 권세라
편집디자인_ 양우연
국제업무_ 정아라 · 고금비
관리 · 영업_ 김민원 · 이주형 · 조인희

펴낸곳_ (주)디앤씨미디어
등록_ 2002년 4월 25일 제20-260호
주소_ 서울시 구로구 디지털로 26길 111 JnK디지털타워 503호
전화_ 02-333-2513(대표)
팩시밀리_ 02-333-2514
이메일_ llnovelpiya@naver.com
ㄴ노벨 공식 카페_ http://cafe.naver.com/lnovel11

원제 Saenai heroine no sodate-kata. Vol.8
©Fumiaki Maruto, Kurehito Misaki 2015
Edited by FUJIMISHOBO
First published in Japan in 2015 by KADOKAWA CORPORATION, Tokyo.
Korean translation rights arranged with KADOKAWA CORPORATION, Tokyo.

ISBN 979-11-5981-010-7 04830
ISBN 978-89-267-9771-6 (세트)

값 6,800원